KB052377

살인과 창조의 시간

TIME TO MURDER AND CREATE
by Lawrence Block

Matthew Scudder Series 3

살인과 창조의 시간

로렌스 블록 | 박산호 옮김

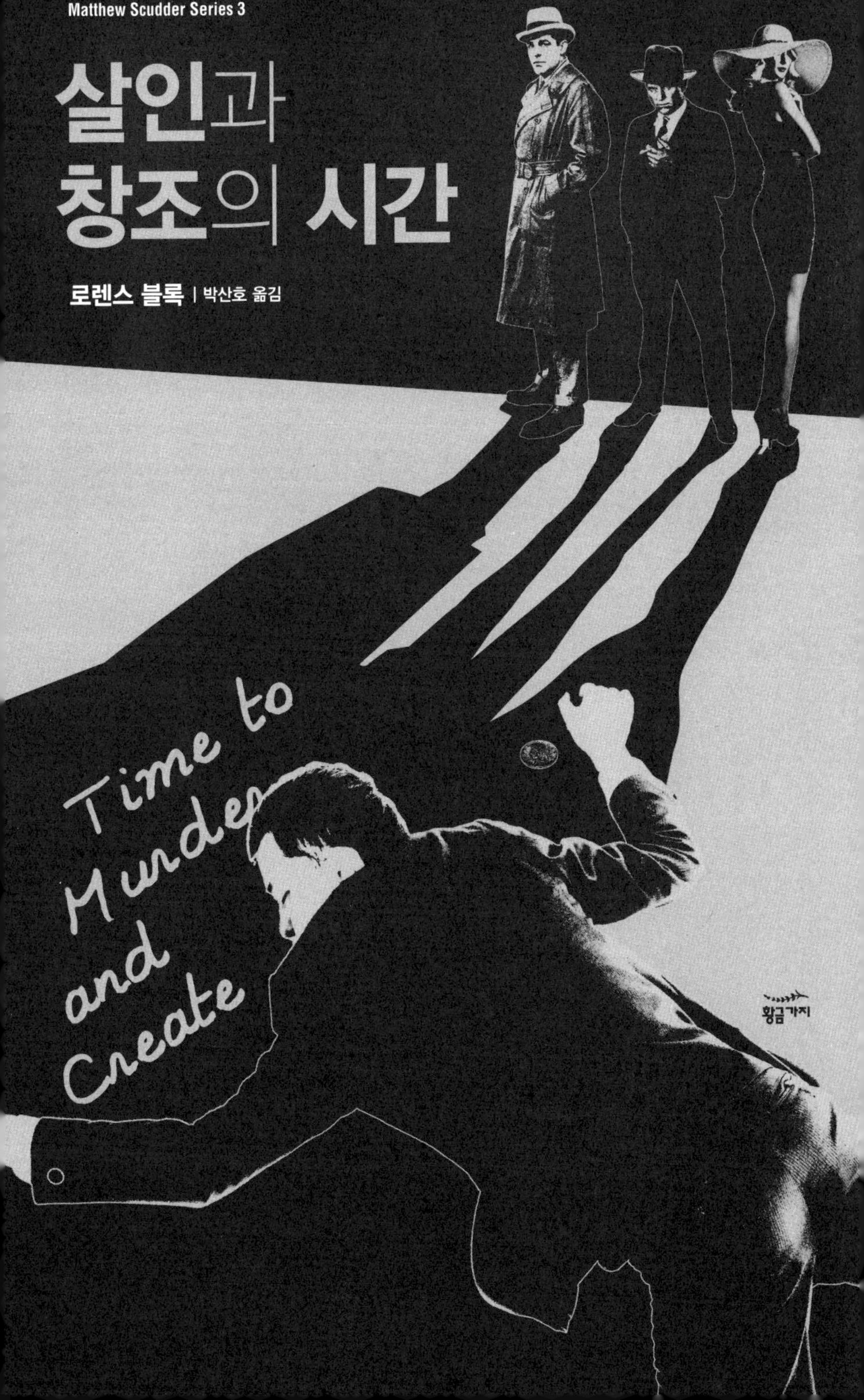

황금가지

태초에 오직 한 인간이 창조되었나니,
누구라도 사람의 영혼을 파괴하는 자를
성경에서는 온 세상을 파괴한 자라고 간주한다는 걸
그대에게 가르치기 위함이라.

—탈무드

1장

7주 연속으로 금요일마다 그의 전화를 받았다. 내가 항상 전화를 받은 건 아니었다. 어차피 피차 할 말도 없었기 때문에 그건 중요하지 않았다. 내가 외출했을 때 전화가 오면, 호텔의 내 우편함에 메시지를 적은 쪽지가 들어와 있었다. 난 그걸 슬쩍 보고 버린 후에 잊어버리곤 했다.

그러다 4월 둘째 주 금요일에는 전화가 오지 않았다. 나는 저녁에 모퉁이에 있는 암스트롱 바에서 버번을 넣은 커피를 마시면서, 인턴 둘이서 간호사 둘에게 작업을 걸고 있지만 반응이 신통치 않은 광경을 지켜보며 시간을 보냈다. 암스트롱 바는 금요일 밤치곤 손님이 일찍 끊어졌고, 2시쯤 됐을 때 트리나가 퇴근했다. 빌리는 가게 문을 닫아 바깥에 있는 9번 애비뉴를 차단해 버렸다. 빌리와 나는 술을 몇 잔 마시면서 닉스(미국 NBA에 소속된

9

프로농구팀으로 연고지는 뉴욕 주 뉴욕임 ― 옮긴이)와 경기의 승패는 윌리스 리드(1966년부터 1970년까지 최우수 선수로 선정된 선수 ― 옮긴이)에 달렸다는 이야기를 나누었다. 나는 새벽 2시 45분에 벽에 걸려 있던 코트를 들고 집으로 갔다.

내게 온 메시지는 없었다.

그렇다고 거기에 무슨 의미를 둬야 할 필요는 없었다. 그가 내게 살아 있다는 신호로 매주 금요일에 전화하기로 정해 놨다. 마침 내가 있어서 전화를 받으면, 서로 안부 인사를 나눌 것이고. 그렇지 않으면 이렇게 메시지를 남기기로 했다. '세탁물이 준비됐습니다.' 하지만 그가 잊어버렸을 수도 있고 아니면 술에 취했을 수도 있고 전화를 하지 않은 이유는 많고도 많았다.

나는 옷을 벗고 침대로 올라가 옆으로 누워 창밖을 내다봤다. 우리 호텔에서 시내 쪽으로 열 블록에서 열두 블록쯤 떨어진 곳에 있는 사무용 빌딩이 밤새 불을 켜 놓는다. 그 깜박이는 불빛을 보면 시내가 얼마나 오염됐는지 상당히 정확하게 가늠할 수 있다.

오늘 밤 그 불빛들은 걷잡을 수 없이 깜박일 뿐만 아니라 노란 빛까지 뿜어 내고 있었다.

나는 몸을 돌려 누우면서 눈을 감고 오지 않은 전화를 생각했다. 나는 그가 깜박한 것도 아니고 술에 취한 것도 아니라고 판단했다.

스피너는 죽은 것이다.

사람들은 그의 습관 때문에 그를 스피너(돌리는 사람 ― 옮긴이)라 불렀다. 그는 항상 행운의 부적으로 오래된 1달러 은화를 하나 가지고 다니다가, 바지 주머니에서 그걸 꺼내서 왼쪽 집게손가락으로 테이블 위에 세워 놓은 다음에, 오른쪽 가운뎃손가락을 구부려서 동전 가장자리를 획획 튀겼다. 상대방과 이야기를 하는 중에도 그의 시선은 빙글빙글 돌아가는 동전을 쫓고 있어서 사람이 아니라 동전에게 말하는 것처럼 보였다.

내가 마지막으로 그의 묘기를 본 건 2월 초 어느 평일 오후였다. 스피너는 여느 때처럼 암스트롱의 구석 자리에 앉아 있는 나를 찾아냈다. 그는 브로드웨이 스타일로 말쑥하게 차려입고 있었다. 푸른빛이 감도는 회색 양복에 그의 머리글자들이 새겨진, 번드르르하고 짙은 회색 셔츠를 속에 받쳐 입고, 셔츠와 같은 색의 회색 실크 넥타이에 진주 넥타이핀을 꽂았다. 거기다 키를 4센티미터 정도 키워 주는 플랫폼 슈즈(바닥이 두꺼운 구두 ― 옮긴이)를 신고 있었다. 구두 덕분에 170센티미터인 키가 4센티미터 정도 커 보였다. 팔에 걸치고 있는 코트는 짙은 감색이었는데 캐시미어 코트인 것 같았다.

스피너가 말했다.

"매튜 스커더. 하나도 안 변했네. 대체 이게 얼마 만이지?"

"한 몇 년 됐지."

"우라지게 오래됐군."

그는 코트를 빈 의자에 올려놓고 그 위에 얇은 서류가방을, 또 그 위에 챙이 좁은 회색 모자를 올려놨다. 그리고 테이블을 사이에 두고 내 맞은편에 앉아 행운의 부적을 주머니에서 꺼냈다. 나는 그가 동전을 돌리는 모습을 지켜봤다.

"너무 오래됐어, 매튜."

그는 동전에 대고 말했다.

"신수가 훤해 보여, 스피너."

"요새 운이 좀 풀리고 있거든."

"그거 잘됐네."

"계속 그렇게 풀려 주기만 한다면야."

트리나가 오자, 나는 버번을 넣은 커피 한 잔을 더 주문했다. 스피너는 트리나를 향해 몸을 돌려 좁고 작은 얼굴을 실룩이면서 난감한 듯 찌푸렸다.

"이런, 뭘 마셔야 하나. 우유 한 잔 마실 수 있을까요?"

트리나는 된다고 하고 주문받은 걸 가지러 갔다.

그가 말했다.

"술을 입에도 못 대게 됐어. 망할 놈의 위궤양 때문에."

"사람들 말이 성공하면 그것도 부록으로 딸려 온다고 하던데."

"위궤양의 부록은 성공이 아니라 울화지. 의사가 먹지 말라고 하는 게 죄다 좋아하는 것뿐이야. 모처럼 일이 술술 풀려서, 일류 레스토랑에 갈 수 있는데 주문할 수 있는 게 염병할 코티지치즈뿐이라니."

그는 1달러 동전을 집어서 다시 돌렸다.

내가 경찰이었을 때 스피너를 처음 만났다. 그는 아마 수십 번은 체포됐을 텐데 항상 경범죄로 들어왔지만 한 번도 형기를 산 적은 없었다. 매번 돈이나 정보를 대가로 경찰을 매수해 잘도 빠져나왔던 것이다. 스피너는 장물 취득인을 잡을 수 있게 날 도와줬고, 한번은 살인 사건에 대한 단서를 귀띔해 줘서 사건을 해결

할 수 있었다. 그는 남들에게 우연히 들은 말을 10달러나 20달러와 바꾸며 경찰에 정보를 팔았다. 그는 키가 작고 평범한 인상에 눈치 빠르게 처신하는 데다, 그의 주위에서 내밀한 이야기를 할 만큼 어리석은 사람도 많았다.

스피너가 말했다.

"매튜, 사실 내가 우연히 여길 들어온 게 아니야."

"나도 그런 감이 왔어."

"그랬군."

동전이 흔들거리기 시작하자 그가 홱 잡아챘다. 손이 아주 빨랐다. 경찰들은 스피너가 전직 소매치기였을 거라고 짐작하고 있었지만, 그걸로 그를 체포한 사람은 없을 거란 생각이 들었다.

"있잖아, 좀 골치 아픈 일이 있어."

"그것도 위궤양에 딸려 오는 거지."

"정말 그렇더라고. 그래서 일을 하나 맡아 줬음 해."

"그래?"

그는 우유를 한 모금 마시고 나서 잔을 내려놓고 손을 뻗어 서류가방에 손가락을 대고 두들겼다.

"이 안에 봉투가 하나 있어. 자네가 이걸 좀 맡아 주면 좋겠는데. 우연이라도 아무도 발견하지 못할 안전한 곳에 보관해 줘, 알겠어?"

"봉투 안에 뭐가 있는데?"

그는 초조해서 머리를 살짝 흔들었다.

"봉투에 뭐가 들었는지 자네가 알아야 할 필요가 없는 게 이 거래 조건의 일부야."

"얼마나 맡아 둬야 하는데?"

"흠, 그게 문제야."

그는 다시 동전을 돌렸다.

"그게 말이야. 살다 보면 무슨 일이 생길지 모르는 거잖아. 내가 여기서 나가서, 도로 경계석에서 내려갔다가 9번 애비뉴를 지나가는 버스에 치일 수도 있고. 내 말은, 우리에게 무슨 일이 생길지는 정말 아무도 모르는 거잖아."

"자넬 노리는 사람이 있나, 스피너?"

그는 시선을 들었다가 나와 눈이 마주치자 금세 떨어뜨렸다.

"그럴 수도 있지."

"누군지 알아?"

"누구인지는 고사하고, 노리고 있는지조차 확실히 모르겠어."

그는 다시 흔들리는 동전을 잡아채서 돌렸다.

"그 봉투가 자네 보험이군."

"그런 셈이지."

나는 커피를 한 모금 마시고 말했다.

"내가 이 일에 적임자인지 모르겠어, 스피너. 그냥 일반적으로 하는 것처럼 변호사에게 맡기고 지시 사항들을 정해 놓지그래. 변호사가 그걸 금고에 던져 놓으면 그걸로 끝이잖아."

"나도 그 방법을 생각 안 해 본 건 아니야."

"그런데?"

"아무 의미가 없어. 내가 아는 변호사들은, 내가 그 인간 사무실에서 걸어 나가는 바로 그 순간 그 빌어먹을 봉투를 열어 볼 거야. 정직한 변호사라면, 날 한번 슥 훑어보고 그대로 나가서 상대도 안 해 주겠지."

"다 그런 건 아니야."

"이런 방법도 있어. 내가 버스에 치였다고 쳐. 그러면 변호사가 그 봉투를 자네에게 전해 주는 거지. 이런 식으로 중개인을 빼는 거지."

"왜 내가 결국 봉투를 맡아야 하는 건데?"

"봉투를 열게 되면 알게 될 거야. '만약' 봉투를 연다면."

"모든 게 다 모호하기 짝이 없군, 안 그래?"

"내가 요즘 만만한 게 없어, 매튜. 위궤양에다 짜증나는 일에다."

"그리고 지금까지 내가 본 자네 인생 최고의 패션도 그렇고."

"그렇지, 이대로 관 속에 들어가도 될 정도지."

그는 다시 동전을 돌렸다.

"이봐, 자넨 그저 봉투를 받아서, 어디엔가 있는 금고에 넣어 놓으면 되는 일이야. 어디 넣을지는 자네 맘이고."

"'내가' 버스에 치이면 어떻게 되는 거지?"

그는 그 문제를 생각해 봤고 우리 둘이서 해결책을 고안해 냈다. 봉투는 내 호텔 방에 깔려 있는 양탄자 밑에 넣어 두기로 했다. 만약 내가 급사한다면, 스피너가 와서 그의 물건을 회수할 것이다. 열쇠는 필요 없을 것이다. 스피너에게 열쇠가 필요했던 적은 한 번도 없었으니까.

우리는 사소한 점까지 다 생각해 냈다. 스피너가 매주 전화를 걸고, 내가 받지 않으면 별 뜻 없는 메시지를 남기기로 했다. 나는 마시던 걸 한 잔 더 주문했다. 스피너의 잔에는 아직도 우유가 많이 남아 있었다.

나는 스피너에게 왜 나를 선택했냐고 물었다.

"뭐, 자넨 항상 솔직했으니까, 매튜. 옷을 벗은 지 얼마나 됐지? 2년 정도 됐나?"

"그 정도 됐지."

"그렇지, 자네가 그만둔 거지. 내가 자세한 내막엔 어두워서 말이야. 어떤 애를 죽였다고 했지, 아마?"

"맞아. 근무 중에 총알 하나가 엉뚱한 곳으로 날아가 버렸지."

"그것 때문에 윗대가리들이 못살게 굴었어?"

나는 내 커피를 바라보며 그 질문을 생각해 봤다. 여름 밤, 공기 중을 떠도는 열기가 보일 듯이 뜨거웠던 밤, 워싱턴 하이츠에 있는 술집 스펙타클에서 과로한 에어컨이 힘겹게 돌아가는 가운데 나는 공짜 술을 마시고 있었다. 비번이었지만, 사실 경찰에게 비번이란 존재하지 않는다. 그날 밤 새파란 애들 둘이 총을 가지고 그 가게를 털러 왔다가 나가는 길에 바텐더를 쏴서 죽였다. 나는 그 자식들을 쫓아 길거리로 나가서, 하나를 죽이고 다른 하나의 허벅지 뼈를 쪼개 놨다.

하지만 그 와중에 총알 하나가 빗나가서 벽을 스치고 튀어 나가서 에스트렐리타 리베라라는 일곱 살 먹은 소녀의 눈을 그대로 맞혔다. 눈에 정통으로 박힌 총알은 부드러운 조직을 지나 뇌로 들어가 버렸다.

"내가 주제넘은 말을 했네. 괜히 그 이야길 꺼내 가지고."

"아니, 괜찮아. 상관들에게 질책받은 건 아니야. 사실, 훈장을 받았지. 청문회가 열렸는데 완벽하게 무죄라는 결과가 나왔거든."

"그리고 경찰을 그만뒀군."

"일에 흥미를 잃었다고 해야 하나."

일만이 아니었다. 롱아일랜드에 있는 집. 아내. 아들들.

스피너가 말했다.

"그럴 수 있지."

"그런 것 같더라고."

"그래서 지금은 무슨 일을 하는 거야? 일종의 탐정 같은 건가?"

나는 어깨를 으쓱했다.

"면허는 없고. 가끔 사람들의 부탁을 들어주고 사례를 받는 정도지."

"그렇군, 다시 우리의 소소한 거래로 돌아가서……." 스피너가 동전을 돌렸다. "자네가 해 줄 일은 내 부탁을 들어주는 거야."

"자네 생각이 그렇다면."

스피너는 빙빙 돌고 있는 동전을 집어서 들여다보다가, 파란색과 흰색 체크무늬가 찍힌 테이블보 위에 내려놨다.

내가 말했다.

"죽고 싶은 생각은 없잖아, 스피너."

"전혀 없지."

"거기서 벗어날 순 없는 거야?"

"그럴 수도 있기도 하고 없기도 해. 그 부분은 이야기하지 말기로 해, 알았지?"

"맘대로 해."

"누군가 날 죽이고 싶다는데 대체 내가 뭘 할 수 있겠어? 아무것도 없어."

"아마 자네 말이 맞을 거야."

"해 줄 거지, 매튜?"

"자네 봉투는 맡아 둘게. 그 봉투를 열어야 한다면 그다음에 어떻게 할지는 말하지 않겠어. 내용물이 뭔지 모르니까."

"봉투를 열 일이 생기면, 알게 될 거야."

"그게 뭐든 내가 봉투를 연다고 장담할 순 없어."

그는 내 얼굴을 오랫동안 보면서, 나도 거기 있는지 몰랐던 뭔가를 읽고 있었다.

스피너가 말했다.

"자넨 열 거야."

"어쩌면."

"자넨 할 거야. 그리고 열지 않는다 해도 난 모르겠지. 그러니 아무러면 어때. 그건 그렇고, 선금으로 얼마면 될까?"

"내가 뭘 해야 하는지도 모르는데."

"봉투를 맡아 두는 대가 말이야. 얼마를 원해?"

매번 수수료의 액수를 정해야 할 때마다 곤혹스러웠다. 난 잠시 생각해 보고 말했다.

"자네 양복 근사한데."

"그래? 고마워."

"어디서 샀어?"

"필 크론펠드즈에서. 브로드웨이에 있는 양복점 알지?"

"그 가게가 어디 있는지 나도 알아."

"정말 마음에 들어?"

"자네에게 잘 어울리는데. 얼마나 줬어?"

"320."

"그럼 그게 내 수수료야."

"내 양복을 원해?"

"320달러를 달라는 말이야."

"아." 그는 고개를 뒤로 젖히며 재미있어했다. "잠깐 뭔 소린가 헤맸잖아. 대체 왜 내 양복을 원하는 건지 이해가 안 돼서 말이야."

"나에겐 맞지도 않을 텐데, 뭘."

"안 맞겠지. 320이라고? 그래, 그 정도면 적당하겠지."

그는 두툼한 악어가죽 지갑을 꺼내서 50달러 여섯 장과 20달러 한 장을 세서 놨다.

"300 하고 20."

그는 돈을 건네며 그렇게 말했다.

"이 일이 오래가서 돈을 더 받고 싶으면, 말해. 이 정도면 괜찮지?"

"괜찮아. 그럼 내가 자네에게 연락을 해야겠네?"

"안 돼."

"알았어."

"자네가 알 필요가 없다는 소리야. 어쨌든 내 주소를 알려 주고 싶어도 그럴 수도 없고."

"알았다고."

그는 서류 가방을 열어서 양쪽 끝에 튼튼한 테이프를 붙여서 밀봉한 가로9, 세로 12인치 크기의 마닐라 봉투를 하나 건넸다. 나는 봉투를 받아서 옆에 있는 벤치 위에 올려놨다. 그는 1달러 동전을 한 번 돌리더니, 집어서 주머니에 넣고는 트리나에게 계산서를 가져오라고 손짓했다. 나는 스피너가 계산하게 놔뒀다. 그는 돈을 내고 팁으로 2달러를 남겨 뒀다.

"뭐가 그렇게 웃겨, 매튜?"

"그냥 자네가 계산하는 건 처음 봐서. 자네가 다른 사람들이 남겨 놓은 팁을 슬쩍하는 건 몇 번 봤지만."

"뭐, 사람 형편이란 변하기 마련이니까."

"그런가 봐."

"다른 사람들 팁을 자주 훔치진 않았어. 배가 고프면 이것저것 가리지 않게 되지."

"당연하지."

그는 일어서서 머뭇거리다가, 손을 내밀었다. 나는 그 손을 잡고 흔들었다. 그가 돌아서서 가려고 했을 때 내가 불렀다.

"스피너?"

"왜?"

"자네가 아는 변호사들은 자네가 사무실을 나가자마자 곧바로 봉투를 열어 볼 거라고 했잖아."

"내기를 해도 좋다니까."

"나는 왜 다를 거라고 생각하지?"

스피너는 바보 같은 질문을 한다는 표정으로 날 바라보더니 말했다.

"자넨 정직하거든."

"참나. 자네도 내가 옛날에 뇌물 받은 거 알고 있잖아. 그리고 다른 범인들을 체포하게 도와준 대가로 자네를 풀어 준 적도 한

두 번 있었고."

"그랬지. 하지만 자넨 항상 내게 솔직했어. 그게 바로 정직이라는 거야. 자네는 그래야 할 상황이 생기기 전까지는 그 봉투를 열어 볼 사람이 아니야."

나는 스피너의 말이 맞는다는 걸 알고 있었다. 다만 그가 어떻게 그걸 아는지 그걸 모르겠다.

내가 말했다.

"몸조심해."

"그래, 자네도."

"길 건널 때 조심하고."

"어?"

"버스 오는지 잘 보란 말이야."

그는 피식 웃었지만, 내 말을 재미있어하는 것 같진 않았다.

돌아오는 길에 교회에 들러서 헌금함에 32달러를 쑤셔 넣었다. 그리고 뒤쪽 신도석에 앉아 스피너를 생각했다. 스피너 덕분에 쉽게 돈을 벌었다. 그 돈을 벌기 위해 나는 손 하나 까딱하지 않았는데.

내 방으로 와서 양탄자를 돌돌 말아 올리고 스피너의 봉투를 그 밑, 침대 한가운데쯤 되는 위치에 넣었다. 호텔 청소부가 가끔 진공청소기를 돌리긴 하지만 방에 있는 가구를 옮기진 않는다. 나는 다시 양탄자를 제자리에 놓고 봉투에 대해선 곧바로 잊어버렸다. 그리고 매주 금요일, 전화나 메시지로 스피너가 살아 있으며 봉투는 있던 곳에 그대로 놔두면 된다는 사실을 확인했다.

2장

그 후 사흘 동안 하루에 두 번씩 여러 개의 신문을 읽으면서 전화를 기다렸다. 월요일 밤에 호텔로 돌아오는 길에《뉴욕 타임스》석간 한 부를 사 가지고 왔다. "메트로폴리탄 사건사고들"이란 제목 밑에 항상 "경찰 사건 기록부에서"라는 꼬리표가 붙은 범죄 기사들이 나와 있는데 거기서 마지막 사건이 내가 찾던 것이었다. 신원 미상, 백인, 신장은 대략 170센티미터, 체중 약 70킬로그램, 나이 45세 정도로 추정되는 남자의 두개골이 으스러진 시체가 이스트 강에서 발견됐다.

읽어 보니 스피너 같았다. 나라면 그의 나이를 몇 살 더 많게 잡고 체중은 몇 킬로그램 더 적게 나가는 것으로 보겠지만, 그 외에는 그와 일치하는 것 같았다. 그 시체가 정말 스피너가 맞는지는 알 수 없었다. 심지어 그 남자가 누구든 살해된 것이 맞는지조차도. 두개골 손상은 그 남자가 물속에 들어간 후에 일어났을 수도 있었다. 그리고 기사에 남자가 물속에 얼마나 있었는지 짐작할 수 있는 내용도 없었다. 만약 열흘 넘게 있었다면, 스피너가 아니었다. 그 전 주에 스피너에게서 연락을 받았으니까.

나는 시계를 봤다. 누군가에게 전화를 하기에 너무 늦은 시간은 아니지만, 그냥 별일 아니란 듯이 전화를 하기엔 너무 늦은 시간이었다. 그리고 스피너의 봉투를 열기에도 너무 일렀다. 나는 스피너가 죽었다는 걸 확실히 알기 전까지는 그 일을 하고 싶지 않았다.

잠이 금방 올 것 같지 않아서 평소보다 술을 두어 잔 더 걸쳤다. 아침에 일어나자 머리가 지끈거리고 입맛이 고약했다. 아스피린과 구강 청결제로 해결하고 아침을 먹으러 레드 플레임에 갔다. 《뉴욕 타임스》 조간을 샀지만, 물에서 발견된 시체에 대해 더 나온 사실은 없었다. 기사 내용은 석간과 똑같았다.

에디 쾰러는 이제 부서장으로, 웨스트 빌리지에 있는 6번 관할 구역에 소속돼 있었다. 내 호텔 방에서 전화해서 가까스로 연결이 됐다.

"어이, 매튜. 간만이야."

에디가 말했다.

그리 오래되지도 않았는데. 나는 그의 가족의 안부를 물었고, 그는 내 가족의 안부를 물었다. 내가 대답했다.

"다 잘 있어."

"자넨 언제든 집으로 돌아갈 수 있잖아."

그에게 구구절절 털어놓고 싶지 않은 이유들이 많았다. 그리고 다시 경찰로 돌아갈 수도 없었지만 그렇다고 해도 에디의 다음 질문을 막을 수 없었다.

"인간 종족에 다시 합류할 준비는 아직 안 됐겠지?"

"그런 일은 없을 거야, 에디."

"대신 자네는 쓰레기장 같은 곳에서 살면서 한 푼이라도 우려내려고 궁상을 떨어야 하겠지. 술독에 빠져 죽고 싶다면, 그건 내 알 바 아니고."

"맞는 말이야."

"하지만 공짜로 마실 수 있는데 굳이 왜 돈을 내고 마시려고 그래? 자네는 타고난 경찰이야, 매튜."

"내가 전화한 이유는……."

"그렇지, 이유가 있어서 전화를 했겠지."

나는 잠시 뜸을 들였다 말했다.

"신문 기사를 보다가 눈에 들어오는 게 있는데 자네가 좀 도와주면 시체 안치소까지 안 가도 될 것 같아서. 어제 이스트 강을 떠다니는 시체 한 구가 나왔어. 키 작은 중년 남자야."

"그래서?"

"경찰이 그 남자의 신원을 파악했는지 알아봐 줄 수 있어?"

"아마도. 왜 그 시체에 관심을 갖는 건데?"

"실종된 남편을 찾고 있거든. 남편의 인상착의가 그 시체와 일치해. 내가 안치소까지 가서 볼 수도 있지만, 그 남자 얼굴은 사진으로만 봤는데 물속에 좀 있어서 그런지 잘 알아볼 수 없어서."

"아, 그렇지. 이름을 알려 주면 내가 알아볼게."

"그러지 말고 반대로 해 보지. 이게 은밀하게 해야 하는 일이라서, 꼭 필요한 경우가 아니면 이름을 알리고 싶지 않아."

"내가 전화를 몇 통 해 볼 수 있을 것 같군."

"그 사람이 내가 찾는 사람이면, 자네에게 모자 하나 해 주지."

"그 정도는 될 거라고 짐작했어. 그 사람이 아니면?"

"그럼 진심으로 고마워하는 내 마음을 받게 되는 거고."

"됐거든. 자네가 찾는 사람이길 바라겠어. 모자 하나 있으면 좋겠거든. 뭐야, 생각해 보니 웃기네."

"뭐가?"

"자넨 사람을 찾고 있는데 난 그 사람이 죽었기를 바라고 있잖아. 생각해 보면, 웃기잖아."

40분 후에 전화벨이 울렸다. 에디가 말했다.

"안타깝네. 모자가 생겼으면 잘 썼을 텐데."

"아직 신원 파악이 안 된 거야?"

"아, 됐어. 지문 조회를 했는데, 자네를 고용해서 찾을 만한 그런 인물은 아니었어. 그 인간 물건이던데. 전과가 끝도 없이 줄줄이 나와. 자네도 그 자식이랑 한두 번 마주쳤을걸."

"이름이 뭔데?"

"제이컵 자블런. 경찰 끄나풀도 하고 좀도둑질도 하고, 온갖 멍청한 개수작은 다 하고 다녔지."

"많이 들어 본 이름인데."

"사람들이 스피너라고 불렀어."

"아는 사람이군. 몇 년 동안 마주친 적은 없지만. 항상 은화를 돌리던 인간인데."

"뭐, 이젠 무덤에서 돌리고 있겠지."

나는 숨을 한 번 들이쉬고 말했다.

"내가 찾는 사람은 아니군."

"그럴 줄 알았다니까. 그 인간이 결혼을 했을 것 같지도 않고, 했다고 해도 마누라는 궁금해하지도 않을 거야."

"내게 의뢰한 사람은 부인이 아니야."

"아니야?"

"여자 친구지."

"내가 헛소리를 했군."

"내 생각에 그 남자는 처음부터 시내에 없었던 것 같지만, 그래도 그 여자를 구슬리면 몇 달러도 받을 수 있을 것 같아. 남자는 사라지고 싶으면, 그냥 사라지잖아."

"대개 그렇지만, 그 여자가 자네에게 돈을 주고 싶다면 사양할 건 없지."

"그냥 내 느낌이 그렇다는 말이야. 스피너는 물속에 얼마나 있었대? 그건 알아냈어?"

"4~5일쯤 됐다고 한 것 같은데. 그건 또 왜 궁금해?"

"지문을 떴다니까, 물속에 얼마 안 있었겠다고 짐작한 거지."

"아, 지문이야 물속에서 1주일까지 있었어도 쉽게 뜰 수 있어. 물고기에게 얼마나 당했는지에 따라서 다르지만 가끔은 그보다 더 오래된 시체도 지문을 뜰 수 있고. 물에 둥둥 떠다니던 시체의 지문을 뜬다고 상상해 봐. 웩, 내가 그런 일을 한다면 한동안 아무것도 못 먹을 거야. 그 시체를 부검하는 건 또 어떻고."

"흠, 부검은 그렇게 어렵지 않을걸. 누군가 그 사람 머리를 갈긴 게 분명하니까."

"죽은 사람을 고려해 봤을 때, 그건 나도 확실하다고 봐. 그 인간이 수영하러 갔다가 사고로 부두에 박치기를 할 타입은 아니거든. 하지만 부검 결과 살인 사건이란 꼬리표를 달게 될지는 내기를 해 봐야 할걸?"

"그건 왜 그런데?"

"경찰은 이 사건이 앞으로 50년간 미제로 남아 있는 꼴을 보고 싶어 하지 않을걸. 더군다나 스피너 같은 망나니에게 무슨 일이 일어났는지 발 벗고 나서고 알아내고 싶은 사람이 누가 있겠어? 그러니까 그 인간이 죽었지만, 울어 줄 사람은 하나도 없다, 이거야."

"난 그 친구랑 잘 지낸 편이었는데."

"그 자식은 시시한 삼류 사기꾼이었어. 누가 그 자식을 손봐 줬건 좋은 일 한 거지."

"자네 말이 맞겠지."

나는 양탄자 밑에서 그 마닐라 봉투를 꺼냈다. 봉투에 붙인 테이프가 꿈쩍도 하지 않아서 드레서(윗부분은 선반이고 아랫부분은 여러 개의 서랍으로 된 목재 찬장 — 옮긴이)에서 작은 주머니칼을 꺼내, 접힌 자리를 따라 봉투를 길게 잘랐다. 그다음에 그 봉투를 손에 쥔 채 침대 가장자리에 몇 분 동안 앉아 있었다.

사실 그 안에 뭐가 들어 있는지 알고 싶지 않았다.

한참 후에 봉투를 열었고, 그 후 세 시간 동안 방 안에서 그 안에 든 내용물을 검토했다. 그걸 보자 몇 가지 의문이 풀리긴 했지만, 그렇다고 그걸 보고 생긴 의문이 다 풀린 건 아니었다. 마침

내 서류들을 다 봉투에 넣어서 다시 양탄자 밑에 갖다 놨다.

경찰은 스피너 사건을 묻어 버릴 것이고, 나도 그의 봉투를 그렇게 처리하고 싶었다. 난 다양한 선택을 할 수 있었는데, 그중 가장 끌리는 건 아무것도 하지 않는 것이었다. 그래서 내가 할 수 있는 선택들이 머릿속에서 저절로 정리되는 동안 봉투는 그 은신처에 그대로 있을 것이다.

나는 책 한 권을 가지고 침대에 몸을 쭉 뻗고 누웠지만, 몇 페이지 넘긴 후에 아무 생각 없이 읽고 있다는 걸 깨달았다. 그리고 내 작은 방이 평소보다 훨씬 더 작게 느껴지기 시작했다. 나는 밖으로 나가 한동안 걸어 다니다, 몇 군데 술집에 들러 술을 마셨다. 호텔 건너편에 있는 '폴리의 우리'에서 시작해서, 킬컬런에 갔다가 '안타레스와 스피로'에도 갔다. 그렇게 술집들을 도는 중간에 델리카트슨(조제 식품 판매점 — 옮긴이)에 들러 샌드위치를 두어 개 먹었다. 마지막에 간 암스트롱에 눌러앉았고, 트리나가 근무를 끝냈을 때도 여전히 거기 있었다. 나는 트리나에게 한잔 살 테니 앉으라고 했다.

"딱 한 잔이에요, 매튜. 난 갈 데도 있고, 만날 사람들도 있다고요."

"나도 그래, 하지만 거기 가고 싶지도 않고, 그 사람들을 만나고 싶지도 않아."

"조금 취한 것 같은데요."

"그럴지도 모르지."

나는 바에 가서 우리가 마실 술을 들고 왔다. 나는 그냥 버번, 트리나는 보드카와 토닉이었다. 테이블로 돌아오자, 트리나가 자신의 잔을 들었다.

그리고 말했다.

"범죄를 위하여?"

"정말 딱 한 잔 마실 시간밖에 없어?"

"사실 한 잔 마실 시간도 없어요, 한 잔이 한계예요."

"그럼 범죄를 위해 건배하지 말고 여기 없는 친구들을 위해 하자고."

3장

    사실 봉투를 열기 전부터 그 안에 뭐가 들어 있는지 어느 정도 알고 있었던 것 같다. 귀를 열어 놓고 다니는 것으로 인생에서 일어나는 문제들을 교묘히 회피하며 살아가는 사람이 갑자기 한 벌에 300달러나 하는 양복을 입고 나타난다면, 그게 어디서 났는지 짐작하기란 어렵지 않았다. 평생 남에게 정보를 팔며 살아온 스피너가 그냥 팔아 버리기엔 너무 좋은 정보를 잡은 것이다. 그래서 정보를 파는 대신 침묵을 팔기 시작했다. 경찰의 *끄나풀*보다 공갈범의 수입이 훨씬 쏠쏠하다. 그들이 가진 상품은 한 번 팔고 말 게 아니라 같은 사람에게 평생 우려먹을 수 있으니까.

    단지 공갈범들의 수명이 줄어드는 경향이 있는 게 문제다. 스피너가 봉을 잡은 날부터 보험상의 위험 요인이 늘어만 갔다. 처음에는 울화와 위궤양이 생기더니, 그다음엔 두개골이 찌그러지면서 장시간 수영을 하게 되지 않았나.

공갈범은 보험이 필요하다. 피해자가 공갈범을 죽여서 협박을 끝내지 못하게 영향력을 행사할 수 있는 장치가 필요하다. 누군가(변호사, 여자 친구, 누구든)가 희생자를 애초에 불안하게 만든 증거를 쥐고 배후에 앉아 있어야 한다. 공갈범이 죽으면, 증거는 경찰에게 가고, 스캔들이 세상에 알려지는 것이다. 모든 공갈범들은 으레 피해자에게 이 추가된 요소를 알린다. 가끔은 공범도 없고, 경찰에 보낼 봉투도 없는 경우가 있다. 배후에 숨어 있는 증거가 그 사건의 관련 당사자 모두에게 위험하기 때문에 공갈범은 그냥 그런 증거가 있다고 '말'만 하고 피해자가 감히 그 증거를 보자고 요구하지 않을 거라고 생각하기 때문이다. 피해자가 공갈범의 말을 믿는 경우도 있고, 아닌 경우도 있다.

스피너는 아마 처음부터 그의 표적에게 마법의 봉투에 대해 말했을 것이다. 하지만 그는 2월에 식은땀을 흘리기 시작했다. 그는 누군가 그를 죽이려 하거나, 아니면 그렇게 시도할 가능성이 높다고 판단해서 봉투에 증거들을 모았다. 만약 증거가 들어 있는 봉투가 세상에 존재한다는 개념이 효력을 발휘하지 못하면 실제로 그게 존재한다고 해도 목숨을 보전하지 못하게 된다. 스피너는 죽은 목숨이나 다름없었고, 본인도 그걸 알고 있었던 것이다.

하지만 스피너는 결국 프로였다. 한평생 시시한 사기꾼으로 살아왔지만, 그래도 프로는 프로였다. 프로는 열 내지 않고 받은 만큼 돌려준다.

하지만 스피너에게는 문제가 있었고, 내가 그의 봉투를 열어서 내용물을 확인했을 때 그것은 내 문제가 됐다. 스피너는 누군가에게 복수를 해야 한다는 건 알고 있었지만 그게 누군지 몰랐다.

　봉투 속에서 내가 처음 본 건 편지였다. 타자로 친 걸 보니 스피너가 언제 타자기를 여러 대 훔쳤다가 팔아치우고 남은 걸 그냥 가지고 있었던 모양이었다. 스피너는 타자기를 별로 쓰지 않았다. 그의 편지는 가위표를 친 단어들과 구절들로 가득 차 있었고, 생략된 철자들과 틀린 철자들이 많아서 읽다 보면 재미가 날 정도였다. 어쨌든 결국은 이런 내용이었다.

　매튜
　자네가 이 편지를 읽고 있다면 난 죽었겠지. 이 일이 그냥 흐지부지 돼 버리면 좋겠지만 장담은 할 수 없군. 어제 누군가 날 노린 것 같아. 차 한 대가 슬금슬금 도로 경계석 위로 올라오더니 날 덮치려 했어.
　내가 이렇게 걱정하게 된 건 협박 때문이야. 난 한 건 크게 할 수 있는 정보를 찾아냈어. 오랫동안 시시한 건들만 우려먹고 살았는데 마침내 대박이 난 거지.
　세 사람이 있어. 다른 봉투들을 열어 보면 일이 어떻게 된 건지 알게 될 거야. 문제는 이거야. 사람이 셋이라, 내가 죽으면 분명 그중 하나가 한 짓일 텐데 누구인지 모르겠단 말이야. 내가 이 셋의 목에 줄을 매달아 놨는데 지금 조르고 있는 게 누구 목인지 모르겠어.
　프레이저란 사람이 있어. 2년 전 12월에 프레이저의 딸이 세발자전거를 타고 있던 아이를 차로 치었는데 그때 멀쩡히 정지된 상태였던 데다 각성제와 마리화나와 나도 모르는 약물에 취해 있어서 뺑소니를 쳤어. 하느님보다 돈이 많은 프레이저가 사방에 돈을 뿌려서 딸은 체포되지 않았지. 모든 정보가 봉투 안에 들어 있어. 프레이저가 첫 번째야. 술집에서 어떤 남자가 하는 말을 우연히 듣고 술 몇 잔 사 줬더니 대번에 술술 입을 열더군. 난 프레이저가 감당할 수 없을 정도로 돈을 받지도 않아. 프레이저는 매달 1일에 집세 내는 것처럼 내게 돈을 주고 있지만 사람이란 게 언제 해까닥 돌아 버릴지는 아무도 모르는 거고 어쩌면 프레이저가 그랬는지도 모르지. 프레이저가 내가 죽길 바란다면, 빌어먹을, 그렇게 해 줄 사람은 아주 쉽게 고용할 수 있으니까.

에스리지란 계집은 운 좋게 건진 경우야. 신문에서 우연히 그 여자 사진을 봤어. 무슨 사회면에 나왔는데 몇 년 전에 본 포르노 영화에 나왔던 여자란 걸 알아봤지. 얼굴을 기억하다니, 누가 포르노 영화를 보면서 배우 얼굴을 보겠어. 하지만 그때 그 여자가 어떤 자식에게 입으로 그 짓을 해 주고 있었는데 그게 내 뇌리에 박혔던 모양이야. 그 여자가 졸업한 학교들을 다 읽었는데 도저히 앞뒤가 맞지 않더라고. 그래서 더 파 봤더니 그 여자가 한 몇 년 종적을 감추고 상당히 심각한 사고를 여럿 쳤더라고. 내가 모아 둔 사진들이랑 그 계집이 저지른 추잡한 짓들의 증거를 곧 보게 될 거야. 내가 이 여자를 상대해 왔는데, 남편이 지금 마누라에게 무슨 일이 일어나고 있는지, 그거 말고 다른 건 알고 있는지는 나도 몰라. 이 여자는 만만한 상대가 아니야. 눈썹 하나 까딱하지 않고 사람을 죽일 수 있는 여자지. 이 여자 눈을 들여다보면 내 말이 무슨 뜻인지 알 거야.

휘샌들이 세 번째인데 이렇게 일이 연타로 터지니까 어째 좀 으스스해지더라고. 내 촉에 걸린 건 그자의 아내가 레즈비언이라는 거지. 매튜, 자네도 알다시피 이건 별로 대단한 정보는 아니야. 하지만 휘샌들은 록펠러 같은 갑부인 데다 주지사에 나갈 야망을 품고 있으니 좀 더 알아보는 것도 좋겠다 싶더라고. 부인이 레즈비언인 건 아무것도 아니었어. 나보다 먼저 그걸 알고 있던 사람들도 많은데 그걸 퍼뜨려 봤자 그 인간이 레즈비언 표까지 휩쓸어서 주지사가 될지도 모르잖아. 그러니 그 일엔 신경 안 썼지만 왜 이 인간이 레즈비언과 결혼 생활을 유지하느냐, 난 그게 궁금했단 말이야. 이 인간에게 어딘가 변태적인 구석이 있는 것 아니냔 말이야. 그래서 내가 죽어라 캐 봤더니 다른 게 나오는 거야. 이 자식이 동성애자인데, 그것도 평범한 동성애자가 아니라 어린 남자애들에게 환장하는 놈이더라고. 어릴수록 더 환장하는 거지. 이 정도면 병인데 그것도 구역질이 나올 만하지. 난 소소한 증거들을 모았어. 이를테면 어떤 소년이 내상을 입어서 병원에 입원했는데 그 병원비를 휘샌들이 낸 뒤 그런 부류의 증거들. 하지만 좀 더 확실하게 이 자식을 엮고 싶어서 작전을 짰어. 그러니까 이 사진들은 다 내가 판 함정이야. 내가 어떻게 함정을 팠는지는 중요하지 않아. 하지만 여기에 다른 사람들도 관련됐지. 휘샌들이 이 사진들을 봤을 때 식겁했을 거야. 이 공사를 하느라 내 돈이 적잖게 나갔지만 이보다 더 좋은 투자가 없었지.

매튜, 지금 누군가 나를 친다면 이 셋 중 하나이거나, 이들이 누군가를 고용했다는 소린데 그럼 결과적으로는 같은 거겠지. 자네가 복수를 해 줬으면 해. 그 짓을 한 인간에게 말이야. 나와 정직하게 거래한 두 사람이 아니라 배신한 인간. 그래서 내가 이 봉투를 변호사에게 맡겼다가 경찰에 보낼 수 없는 거야. 그러면 나와 한 약속을 지켰던 사람들은 처벌을 받지 말아야 하는데 새삼 말할 필요도 없지만 일이 잘못 풀려서 부패한 경찰에게 이 봉투가 넘어가면 그 자식이 또다시 그 사람들에게 돈을 뜯어낼 거라고. 그리고 날 죽인 인간은 자유의 몸이 되는 거고, 다만 돈은 계속 나가겠지만.

네 번째 봉투에 자네 이름이 적혀 있는데 그게 자네 거야. 안에 3000달러가 들어 있는데 자네 몫이야. 더 넣어야 하는 건지, 거기에 얼마를 넣어야 하는 건지 나도 잘 모르겠어. 자네가 그냥 그 돈만 챙기고 입 닦아 버릴 수도 있겠지. 그런 일이 일어난다고 해도 난 죽었을 테니까 모를 거야. 왜 자네가 이 일을 끝낼 거라고 생각했냐면 자네에 대해 아주 오래전에 눈치 챈 점이 있어서야. 자네가 살인과 다른 범죄들 사이에 차이가 있다고 생각한다는 걸 우연히 알게 됐어. 나도 그래. 난 평생 나쁜 짓을 하며 살아왔지만 한 번도 남을 죽인 적도 없고 앞으로도 그러지 않을 거야. 난 확실히 혹은 소문에 듣기에 살인을 저지른 사람들을 알고 있는데 그들과는 결코 가깝게 지내지 않아. 나란 사람이 원래 그런데 내가 생각하기에 자네도 그런 사람이야. 그래서 자네가 뭔가 해 줄 거라고 생각했어. 다시 말하지만 자네가 그러지 않아도 난 그 사실을 모를 걸세.

자네의 친구
제이컵 '스피너' 자블런

수요일 아침에 나는 양탄자 밑에서 그 봉투를 꺼내 또다시 오랫동안 그 증거를 찬찬히 뜯어봤다. 그리고 공책을 꺼내서 몇 가지 세부 사항을 적었다. 나는 이 증거를 가지고 다닐 수 없게 될 것이다. 내가 어떤 식으로든 작업에 착수하면 그들의 눈에 띄게 될 것이고, 그러면 내 방은 더 이상 기발한 은신처가 되지 못할 거니까.

스피너는 이들을 아주 단단하게 옭아매 놨다. 헨리 프레이저의 딸인 스테이시는 세 살짜리 마이클 리트박을 차로 쳐 사망케 한 후 현장에서 도망쳤다. 이를 입증할 확실한 증거는 거의 없었지만, 이 경우 확실한 증거는 필요하지 않았다. 스피너는 프레이저의 차를 수리한 정비소 상호, 프레이저의 손길이 뻗친 경찰들과 웨스트체스터 지방 검사 사무실의 직원들 이름과 몇 가지 소소한 증거들을 모아 놨다. 이 패키지를 통째로 실력 있는 탐사 보도 기자에게 넘기면 그 기자는 이 사건을 덮어 두지 못할 것이다.

베벌리 에스리지에 대한 자료는 훨씬 더 노골적으로 생생했다. 사진들만으로는 충분하지 않았을지도 모른다. 거기에는 가로4, 세로 5인치 크기의 컬러 인쇄물 두 장과 영화 장면들 몇 개가 들어 있는 필름 클립(필름 중 일부만 따로 떼어서 보여 주는 부분 ― 옮긴이)이 여섯 개 있었다. 그 사진들과 필름에 나온 그녀는 분명히 알아볼 수 있었고, 그녀가 무슨 짓을 하고 있는지도 또렷하게 보였다. 이 자료만으로는 그녀에게 그렇게 큰 타격은 입히지 못할 수도 있었다. 사람들이 젊었을 때 장난으로 저지른 많은 일들은 몇 년이 지난 후 아주 쉽게 면제받을 수 있다. 특히 두 집에 한 집 꼴로 끔찍하고 수치스런 비밀을 숨기고 있는 사교계에서는 더 그렇다.

하지만 스피너는 내게 말한 대로 철저하게 조사했다. 그는 에스리지 부인의 과거를 추적해 그녀가 처녀 시절 베벌리 길드허스트란 이름으로 바사 대학을 3학년 때 중퇴한 이후의 행적을 알아냈다. 스피너는 베벌리가 산타 바바라에서 매춘 혐의로 체포됐지만 집행유예를 받은 사실을 찾아냈다. 그리고 라스베이거스에서 마약 불시 단속에 걸렸지만 증거 불충분으로 풀려났는데, 가문의 재력을 써서 빠져나온 정황이 있었다. 샌디에이고에서 베벌리는 유명한 포주와 손을 잡고 미인계를 써서 사기를 쳤다. 그러다 일이 틀어지면서 파트너에게 불리한 증언을 해서 집행유예를 받은 반면 그녀의 파트너는 폴섬 교도소에서 1년 이상 5년 미만의 징역형을 선고받았다. 스피너가 알아낼 수 있었던, 그녀가 복역했던 유일한 시기는 술에 취해 난동을 부려서 오션사이드에서 15일을 살았던 때였다.

그다음에 그녀는 사교계로 돌아와서 커밋 에스리지와 결혼했고, 때마침 신문에 사진이 실리지만 않았어도 끝까지 여유롭게 잘 살았을 것이다.

휘샌들의 자료는 소화하기 쉽지 않았다. 서류상의 증거는 특별한 게 없었다. 사춘기에 접어든 소년들의 이름 몇 개와 테드 휘샌들이 그들과 성관계를 가졌다고 주장된 날짜들, 휘샌들이 열한 살 먹은 제프리 크레이머의 내상과 열상 치료비를 댔다는 걸 보여 주는 병원 기록들이었다. 하지만 그 사진들의 주인공이 시민이 선택한 차기 뉴욕 주지사라는 느낌은 들지 않았다.

봉투 안에는 그런 사진들이 심지어 수십 장이 있었는데, 거기에 나올 수 있는 레퍼토리는 다 나와 있었다. 최악의 사진에는 휘샌들의 파트너인 어리고 호리호리한 흑인 소년이 나왔는데, 휘샌들이 아이의 항문에 성기를 삽입하는 동안 아이의 얼굴은 고통으로 일그러져 있었다. 다른 몇 장의 사진과 마찬가지로 그 사진 속의 아이는 카메라를 똑바로 보고 있었다. 아이의 고통스러운 표정이 연기일 가능성도 농후했지만, 그렇다고 해도 이 사진을 본 평범한 사람이라면 열의 아홉은 아주 기쁜 마음으로 가장 가까운 가로등에 휘샌들의 목을 매달려고 할 터였다.

4장

그날 오후 4시에 나는 번화가인 40번가 파크 애비뉴에 있는 유리와 강철을 자재로 한 건물의 22층 응접실에 있었다. 그 방에는 접수계원과 나밖에 없었다. 그녀는 U자 모양의 흑단 책상 뒤에 앉아 있었다. 그녀의 피부는 책상보다 약간 더 희었고, 머리는 바짝 올려친 아프로 스타일(1970년대 유행했던, 흑인들의 둥근 곱슬머리 모양 — 옮긴이)이었다. 나는 책상과 똑같은 색깔의 비닐 소파 위에 앉아 있었다. 그 옆에 있는 작고 흰 사각 테이블 위에는 잡지들이 드문드문 놓여 있었다.《건축 포럼》,《사이언티픽 아메리카》, 다양한 골프 잡지 몇 권, 지난주에 나온《스포츠 일러스트레이티드》. 여기 있는 잡지들 중에서 내가 궁금한 걸 알려 줄 잡지는 없는 것 같아서 하나도 건드리지 않고, 저쪽 벽에 걸려 있는 작은 유화를 바라봤다. 거센 폭풍이 치는 바다에 작은 보트들이 흔들거리고 있는 장면을 서툰 솜씨로 그린 그림이었다. 전경에 남자들이 뱃전에 몸을 기울이고 있었다. 모두 토하고 있는 것처럼 보였지만, 화가가 그런 장면을 의도했을 거라고는 믿기 힘들었다.

접수계원이 말했다.

"프레이저 부인이 그리셨어요. 사모님 말이에요."

"흥미롭군요."

"사장님 방에 있는 그림들도 다 사모님이 그리신 거죠. 이런 재능이 있다니 참 좋겠어요."

"그렇겠죠."

"사모님은 한 번도 그림을 배우신 적이 없대요."

그녀는 나보다 이 사실을 훨씬 더 놀라워했다. 프레이저 부인이 언제 그림을 시작했는지 궁금했다. 아이들이 자란 후일 거라고 짐작했다. 프레이저 부부에게는 자식이 셋 있다. 버펄로 의대에 다니는 아들, 결혼해서 캘리포니아에 살고 있는 딸, 그리고 막내인 스테이시. 이제 셋 다 둥지를 떠났고, 프레이저 부인은 라이 지역에 있는 사유지에 살면서 폭풍우가 몰아치는 바다 풍경들을 그리고 있었다.

"사장님이 지금 통화 끝내셨어요. 죄송하지만 성함을 못 들었는데."

"매튜 스커더입니다."

접수계원이 버저를 눌러 내가 온 것을 알렸다. 나는 프레이저가 내 이름을 모를 거라고 예상했고, 아무래도 그런 모양이었던게, 그녀가 무슨 일로 왔는지 물었다.

"전 마이클 리트박 프로젝트를 대표해서 왔습니다."

내 말을 알아듣고도 프레이저는 내색하지 않은 모양이었다. 사장님이 그래도 잘 모르시겠다는 말을 접수계원이 전했다.

"뺑소니 협력업체요. 마이클 리트박 프로젝트입니다. 이건 기밀 사안이라 분명 저를 만나고 싶어 하실 겁니다."

내가 말했다.

사실 프레이저가 절대로 나를 만나고 싶어 하지 않으리라는 걸 확신하고 있었지만, 접수계원은 내 말을 그대로 전했다. 프레이저는 피할 도리가 없었다.

"지금 만나시겠답니다."

그녀는 곱슬거리는 작은 머리를 개인 전용이라고 표시된 방을 향해 까닥였다.

프레이저의 사무실은 널찍했고, 저쪽 벽 전체가 통유리라서 높이 올라올수록 더 괜찮아 보이는 도시의 상당히 인상적인 전망이 한눈에 보였다. 실내 장식은 전통적인 양식으로, 눈에 거슬릴 정도로 현대적인 응접실의 가구와 현저하게 대비됐다. 통유리가 아닌 나머지 벽에는 짙은 색 목재판을 썼는데 합판이 아니라 판 하나하나를 일일이 붙인 것이었다. 카펫은 황갈색 포트와인 색이었다. 벽에는 그림이 많이 걸려 있었는데, 모두 바다 풍경으로, 분명 헨리 프레이저 부인의 작품들이었다.

나는 도서관의 마이크로필름실에서 훑어본 신문에서 그의 사진을 봤다. 상반신만 찍은 사진들이었지만, 사진으로 봐선 상판이 가죽인 넓은 책상 뒤에 지금 서 있는 남자보다 훨씬 체격이 클 거라고 짐작했다. 그리고 사진에 나온 얼굴에선 차분하면서 자신 있는 분위기가 풍겼다. 하지만 지금 내 앞에 있는 얼굴은 경계심과 불안 때문에 여기저기 주름이 잡혀 있었다. 내가 책상으로 다가갔고, 우리는 서로 마주 보며 섰다. 프레이저는 손을 내밀지 말지 고민하는 것처럼 보였다. 그러다 그러지 않기로 했다.

프레이저가 말했다.

"성함이 스커더 씨라고요?"

"그렇습니다."

"뭘 원하시는지 모르겠군요."

나도 내가 뭘 원하는지 몰랐다. 책상 근처에 목재 팔걸이가 달린 붉은 가죽 의자가 하나 있었다. 내가 그 의자를 당겨서 앉는 동안 프레이저는 계속 서 있었다. 그러다 잠시 망설이더니 자기도 앉았다. 나는 프레이저가 혹시 뭔가 할 말이 있지 않을까 해서 몇 초 기다렸다. 하지만 프레이저는 꽤 참을성이 있었다.

내가 말했다.

"제가 아까 이름을 하나 말했죠. 마이클 리트박이라고."

"난 그런 이름을 모릅니다."

"그럼 다른 이름을 하나 말해 보죠. 제이컵 자블런."

"그 이름도 모릅니다."

"그러십니까? 자블런 씨는 제 동료였습니다. 우리는 함께 몇 가지 일을 했죠."

"그게 어떤 종류의 일인가요?"

"아, 소소하게 이런저런 일을 했습니다. 안타깝게도 프레이저 씨가 하시는 일처럼 성공하진 못했습니다. 건축 컨설턴트시죠?"

"맞습니다."

"대형 프로젝트들. 주택 단지, 사무용 빌딩들. 그런 일들을 하시죠."

"그건 기밀 정보라고 할 수 없는데요, 스커더 씨."

"수입이 아주 쏠쏠하시겠습니다."

그가 날 봤다.

"방금 쓰신 '기밀 정보'란 용어 말이죠. 실은 그것에 대해 프레이저 씨와 이야기를 하고 싶습니다."

"그래요?"

"제 동료인 자블런 씨가 갑자기 시내를 떠나야 했습니다."

"그게 나와 무슨……."

"자블런은 은퇴했습니다. 평생 열심히 일했던 사람이었죠, 프레이저 씨. 그래서 돈을 좀 벌고, 아시겠지만 은퇴했습니다."

"요점을 말해 주셔도 될 것 같은데요."

나는 주머니에서 1달러짜리 은화를 꺼내서 돌렸지만, 스피너와는 다르게, 동전 대신 프레이저의 얼굴을 계속 주시했다. 그 얼굴로 시내에서 하는 포커 게임에 나가면 프레이저는 아주 끝내줄 것이다. 카드놀이에 능숙하다면 말이다.

"이런 동전은 흔치 않죠. 몇 시간 전에 은행에 가서 하나 사려고 했습니다. 은행 직원들이 절 빤히 쳐다보더니 동전 파는 사람에게 가 보라고 하더군요. 1달러는 그냥 1달러라고 생각했는데 말이죠. 원래는 그랬잖아요. 알고 보니 이런 동전에는 은이 들어가 있기 때문에 그것만으로도 2~3달러는 받고, 수집가가 따지는 가치는 그보다 훨씬 높은 것 같더군요. 믿거나 말거나 요놈을 사는데 7달러나 줘야 했습니다."

"왜 그걸 원했죠?"

"그냥 재수 좋으라고. 자블런 씨에게도 이것과 똑같은 동전이 하나 있죠. 적어도 제 눈에는 그렇게 보이는데요. 전 뮤미스마티스트는 아닙니다. 동전 전문가를 이렇게 부르죠."

"뮤미스마티스트가 뭔지는 나도 알아요."

"뭐, 전 오늘에야 알았습니다. 1달러가 더 이상 1달러가 아니란 걸 알게 되면서 말이죠. 자블런 씨가 시내를 떠났을 때 이 동전을 제게 남겼더라면 7달러를 아낄 수도 있었는데 말입니다. 하지만 자블런 씨는 7달러보다 조금 더 가치가 있는 걸 남겼습니다. 종이 몇 장과 이런저런 것들로 가득 찬 봉투를 줬거든요. 그중 몇 가지에 프레이저 씨의 이름이 있더군요. 그리고 따님 이름과 제가 언급한 이름들이 있고. 예를 들면 마이클 리트박이 있었지만, 그건 프레이저 씨가 모르는 이름이죠, 그렇지 않나요?"

동전이 돌아가길 멈췄다. 스피너는 동전이 흔들리기 시작했을 때 항상 잽싸게 낚아챘지만, 난 그냥 쓰러지게 놔뒀다. 동전은 앞면으로 떨어졌다.

"전 그 서류들에 프레이저 씨의 이름이 나왔고, 다른 사람들의 이름도 나와 있기에 그걸 가지고 싶어 하실 거라는 생각을 해 봤습니다."

그는 아무 말도 하지 않았고, 나는 다른 할 말을 생각해 낼 수 없었다. 그래서 은화를 집어서 다시 돌렸다. 이번에는 우리 둘 다 그걸 지켜봤다. 동전은 가죽 책상 위에서 한동안 빙글빙글 돌다가, 은색 액자에 있는 사진을 비스듬히 스치고 지나가서 불안하게 흔들리다, 다시 앞면으로 쓰러졌다.

프레이저가 책상 위에 있던 전화기를 들고 버저를 눌러 말했다.

"오늘은 그만 퇴근해, 셰리. 자동응답기로 돌려놓고 집에 가." 그는 잠깐 말을 멈췄다가 다시 말했다. "아니, 그건 좀 이따 처리해도 돼. 내가 내일 결제할게. 지금 퇴근해도 괜찮아."

바깥쪽 사무실 문이 열렸다 닫히기 전까지 우리 둘 다 아무 말도 하지 않았다. 프레이저가 상체를 뒤로 젖히고 앉아서 셔츠 앞쪽에 두 손을 포갰다. 그는 다소 통통한 남자였지만, 손에는 군살이 없었다. 날씬한 손에 손가락도 길었다.

프레이저가 말했다.

"당신이 다시 시작하고 싶다는 뜻으로 이해되는데요. 그 남자, 그 남자 이름이 뭐죠?"

"자블런."

"자블런이 그만둔 걸 하겠단 겁니까?"

"그런 셈이죠."

"난 부자가 아니에요, 스커더 씨."

"그렇다고 밥을 굶는 것도 아니죠."

"맞아요. 그렇진 않죠."

그는 내 말에 동의했다.

프레이저의 시선이 날 지나쳐서 한동안 다른 곳을 향해 있었는데 바다 그림을 보고 있는 것 같았다. 그러다 다시 그가 말했다.

"내 딸 스테이시는 살다가 어려운 시기를 겪었어요. 그때, 아주 불운한 사고가 있었죠."

"어린 사내아이가 죽었습니다."

"어린 사내아이가 죽었죠. 냉정하게 들릴지도 모르지만, 그런 일들은 항상 일어난다는 점을 지적해야겠군요. 인간은, 아이들이

45

든 어른들이든 그게 무슨 상관입니까, 매일 사고로 죽습니다."

나는 눈에 총알이 박힌 에스트렐리타 리베라를 생각했다. 내 얼굴에 그런 기색이 비쳤는지는 나도 모르겠다.

"스테이시의 상황…… 당신이 그렇게 부르고 싶다면 '과실'이라고 해도 좋아요, 아무튼 그건 사고가 아니라 사고가 일어난 후에 그 아이가 한 반응에서 비롯된 겁니다. 스테이시는 멈추지 않았습니다. 만약 그랬다 해도, 달라진 건 없을 겁니다. 아이는 즉사했으니까요."

"스테이시 양도 그 사실을 알고 있습니까?"

프레이저는 눈을 잠시 감았다.

"나도 모르겠습니다. 그게 중요합니까?"

"아마 아니겠죠."

"그 사고는…… 만약 스테이시가 마땅히 그래야 했던 것처럼 멈췄다면, 스테이시는 무죄가 됐을 겁니다. 그 아이는 도로 경계를 벗어나서 스테이시 바로 앞에서 세발자전거를 타고 있었어요."

"그때 따님은 마약을 했던 걸로 알고 있는데요."

"마리화나를 마약이라고 치면 그렇죠."

"우리가 그걸 뭐라고 하건 그건 중요한 게 아니죠, 안 그렇습니까? 그때 따님이 약에 취해 있지 않았더라면 사고를 피했을 수도 있습니다. 아니면 일단 아이를 치었을 때 멈출 만한 판단력이 있었을 거고. 이제 그건 중요하지 않지만 말입니다. 따님은 약에 취해서 아이를 차로 치었는데 멈추지 않았습니다. 그리고 프레이저 씨가 사람들을 매수한 덕에 스테이시 양은 법의 심판을 면했죠."

"내가 그렇게 한 게 잘못입니까, 스커더 씨?"

"그걸 제가 어떻게 알겠습니까?"

"자식이 있습니까?"

나는 망설이다가 고개를 끄덕였다.

"당신이라면 어떻게 했겠습니까?"

나는 내 아들들에 대해 생각했다. 아이들은 아직 운전을 할 정도로 크지 않았다. 마리화나를 피울 정도의 나이는 될까? 그건 가능했다. 내가 헨리 프레이저의 입장이라면 어떻게 했을까?

"뭐든 제가 해야 할 일을 했겠죠. 아이들이 처벌을 면할 수 있도록."

"당연하죠. 아버지라면 다 그렇겠죠."

"돈이 많이 들었겠습니다."

"내가 감당할 수 있는 선을 넘었습니다. 하지만 당신도 알다시피 그렇다고 안 할 수도 없습니다."

나는 은화를 집어서 바라봤다. 동전의 제조년도는 1878년으로 나와 있었다. 동전은 나보다 한참 더 늙었지만, 나보다 훨씬 더 잘 버텨 왔다.

"난 다 끝났다고 생각했어요. 그건 악몽이었지만, 모든 것을 간신히 바로잡았죠. 내가 상대했던 사람들은 스테이시가 범죄자가 아니란 걸 깨달았어요. 스테이시는 좋은 가정에서 잘 자란 착한 아이였어요. 다만 살다 보니 힘든 때가 있었던 거죠. 그런 일이 드물지 않잖아요, 당신도 알다시피. 그들은 끔찍한 사고가 한 사람의 인생을 앗아 갔다고 해서 또 다른 사람의 인생을 망칠 이유가 없다는 걸 인정했어요. 그리고 이렇게 말하면 지독하겠지만, 그 경험이 스테이시에게 도움이 됐어요. 그 결과 스테이시는 성장했어요. 성숙해진 거죠. 물론 그 후로 마약은 끊었고. 그리고 삶에서 더 많은 목적의식을 갖게 됐죠."

"지금은 뭘 하고 있습니까?"

"컬럼비아 대학원을 다니고 있어요. 심리학을 공부하죠. 정신지체아들을 도울 계획이랍니다."

"스테이시 양이 몇 살이죠, 스물한 살?"

"저번 달에 스물두 살이 됐어요. 사고가 일어났을 때는 열아홉 살이었죠."

"여기 시내 아파트에서 살고 있겠군요?"

"맞아요. 왜 그러십니까?"

"그냥요. 스테이시 양은 잘 컸군요."

"내 아이들은 다 잘 컸어요, 스커더 씨. 스테이시가 1~2년 정도 힘들었던 것뿐이에요." 프레이저의 눈빛이 갑자기 날카로워졌다. "그 실수 하나 때문에 대체 내가 얼마나 더 돈을 써야 하는 겁니까? 난 그게 알고 싶군요."

"당연히 알고 싶으시겠죠."

"그러니까 얼마나?"

"자블런이 당신을 얼마나 우려먹었나요?"

"무슨 말인지 이해가 안 되는데요?"

"자블런에게 얼마나 주고 있었습니까?"

"그 사람이 당신 동료인 줄 알았는데요."

"그리 긴밀한 관계는 아니었습니다. 얼마죠?"

그는 망설이다가 어깨를 으쓱했다.

"처음에 그 사람이 왔을 때 5000달러를 줬어요. 그 사람은 그때 한 번 주면 그걸로 끝일 거라는 인상을 풍겼죠."

"절대 그렇지 않죠."

"나도 그건 알아요. 그러더니 얼마 지나서 또 오더군요. 돈이 더 필요하다고 하면서. 우린 결국 사업상의 거래처럼 하게 됐죠. 한 달에 한 번씩."

"얼마죠?"

"한 달에 2000달러."

"그 정도는 여유가 있잖아요."

"그게 그렇게 쉽진 않아요."

그는 가까스로 희미한 미소를 지어 보였다.

"난 공제할 수 있는 방법을 찾을 수 있기를 바라고 있었어요. 어느 정도는 회사 비용으로 처리할 수 있는 방식이랄까."

"방법을 찾았습니까?"

"아뇨. 왜 이런 질문들을 하는 겁니까? 내게서 얼마나 짜낼 수 있는지 판단하려고 그러는 겁니까?"

"아닙니다."

"이 대화 전체가……."

그가 갑자기 말했다.

"어딘가 이상해요. 당신은 공갈범 같지 않군요."

"왜 그렇죠?"

"나도 모르겠어요. 그 남자는 족제비였어요. 지극히 계산적인데다 끈적끈적한 인간이었죠. 당신도 계산적이긴 하지만 다른 면에서 그래요."

"별의별 사람이 다 있으니까요."

프레이저가 일어섰다.

"난 무한정 돈을 주진 않을 겁니다. 머리 위에 칼이 대롱대롱 달린 채 살아갈 순 없어요. 빌어먹을, 그렇게 살 필요가 없다고요."

"우리 둘이서 해결책을 찾을 겁니다."

"내 딸의 인생이 망가지는 건 원치 않아요. 하지만 내가 출혈과 다로 죽는 일도 없을 겁니다."

나는 은화를 집어서 주머니에 넣었다. 프레이저가 스피너를 죽였다고 믿을 수 없었지만, 동시에 그를 용의선상에서 확실히 배제할 수도 없었다. 거기다 내가 지금 맡은 역할에 염증이 나고 있었다. 나는 의자를 뒤로 밀고 일어섰다.

"어떻게 할 겁니까?"

"연락드리죠."

"이번에는 얼마나 드는 겁니까?"

"저도 모르겠습니다."

"그 사람에게 주던 액수만큼 드리죠. 그 이상은 안 됩니다."

"그런 식으로 얼마 동안이나 줄 건가요? 영원히?"

"이해가 안 되는군요."

"제가 우리 둘 다 만족할 방법을 생각해 낼 수 있을지도 모릅니다. 그때 연락드리죠."

"당신 방법이란 게 한 번에 거금을 지불하는 거라면, 내가 어떻게 당신을 믿을 수 있죠?"

"그게 바로 해결해야 할 문제 중 하나죠. 연락드리겠습니다."

5장

나는 7시에 피에르 호텔 바에서 베벌리 에스리지와 만나기로
해 놨다. 프레이저의 사무실에서 나와 매디슨 애비뉴에 있는 다
른 술집으로 걸어갔다. 그곳은 알고 보니 광고인들의 아지트로 굉
장히 시끄러운 데다 실내의 긴장된 분위기가 사람을 불안하게 만
들었다. 나는 버번을 조금 마시고 그곳을 나왔다.

  5번 애비뉴로 가는 길에 성 토마스 교회에 들러 쿵 소리를 내
며 신도석에 앉았다. 경찰을 그만두고 애니타와 아이들을 떠난
후 얼마 안 돼 교회를 찾았다. 정확히 왜 그랬는지는 나도 모른다.
교회는 뉴욕에서 생각할 공간이 있는 유일한 장소지만, 그게 내
가 교회에 끌리는 유일한 이유인지는 잘 모르겠다. 내가 이러는
데는 개인적으로 뭔가 추구하는 게 있어서 그런 것 같다고 추측
하는 게 이치에 맞겠지만 대체 그게 뭔지는 나도 정말 모른다. 나

는 기도도 안 한다. 내가 뭘 믿는 사람이라고 생각하지도 않는다.

하지만 교회는 앉아서 뭔가를 곰곰이 생각해 보기에 완벽한 장소다. 나는 성 토마스 교회에 앉아서 한동안 헨리 프레이저에 대해 생각했다. 생각이 특별히 어느 한곳으로 흘러가진 않았다. 프레이저가 좀 더 표정이 풍부하고 긴장을 좀 더 풀었더라면, 어떤 식으로든 뭔가 알아냈을지도 모른다. 프레이저는 자신의 본심을 드러낼 만한 행동은 하나도 하지 않았지만, 이미 경계를 하고 있는 스피너를 죽일 만큼 영리하다면, 내게 아무것도 드러내지 않을 것이다.

그는 살인자처럼 보이지 않았다. 하지만 공갈범의 협박을 받는 피해자처럼 보이지도 않았다. 본인은 모르고 있고, 이제 와서 그에게 그런 이야기를 할 때도 아니지만, 프레이저는 애초에 스피너에게 그 추잡한 정보를 가지고 썩 꺼지라고 말해야 했다. 프레이저가 거액을 써서 범죄 사실을 철저히 숨겼기 때문에 사실 아무도 그를 좌지우지할 만한 정보 자체를 가지고 있지 않았다. 그의 딸은 2년 전에 범죄를 저질렀다. 정말 가혹한 검사가 사건을 맡았다면 차량 살인으로 갔을 수도 있지만, 그보다는 과실 치사로 집행 유예를 받았을 가능성이 컸다. 이런 점들을 고려해 봤을 때, 사건이 일어난 지 이렇게 오랜 시간이 흐른 후에 프레이저나 그의 딸에게 무슨 큰일이 일어날 리는 없다. 소소한 스캔들 정도는 일어날 수 있지만, 그의 사업이나 딸의 인생을 망칠 정도는 아닐 것이다.

그러니까 표면상으로 보면 프레이저는 돈을 줘서 스피너를 떼어 버릴 동기가 별로 없었고, 더더군다나 그를 죽일 동기는 더 없었다. 이 일에 내가 아는 것 이상의 다른 사실이 숨겨져 있다면 몰라도.

세 사람, 프레이저와 에스리지와 휘샌들은 모두 스피너의 입을 막기 위해 돈을 주고 있었다. 셋 중 하나가 그 침묵을 영원히 지속시키기로 결심하기 전까지 말이다. 내가 해야 할 일은 그게 누구인지 알아내는 것뿐이다.

그런데 나는 사실 그 일을 하고 싶지 않았다.

몇 가지 이유 때문이다. 가장 큰 이유는 경찰이 나보다 훨씬 더 살인자를 잘 찾아낼 수 있어서이다. 내가 해야 할 일은 그저 스피너의 봉투를 실력 있는 강력계 형사의 책상 위에 슬쩍 놔두고 그 형사가 사건을 해결하게 놔두는 것이었다. 경찰이 확인한 사망 시각은 에디 퀼러가 내게 전해 준 애매한 추정 시각보다 훨씬 더 정확할 터였다. 그리고 경찰은 용의자들의 알리바이도 확인할 수 있다. 이 세 명의 용의자들을 집중적으로 심문할 수 있게 되면 저절로 거의 확실하게 이 모든 의문이 풀릴 것이다.

하지만 여기에는 한 가지 잘못된 점이 있었다. 살인자는 콩밥을 먹겠지만, 나머지 두 사람은 치욕을 당하게 되리라. 어쨌든 나는 이 사건을 경찰에게 넘길 뻔했다. 이 셋 중 어느 누구도 완벽하게 깨끗한 사람은 없으니까. 뺑소니 살인범, 창녀이자 사기꾼, 아주 질 나쁜 변태. 자신만의 윤리관을 지닌 스피너는 침묵의 대가로 돈을 지불하고 그를 죽이지 않은 사람들에게 침묵이란 빚을 지고 있다고 느꼈다. 하지만 그들은 내게는 아무것도 사지 않았고, 나는 그들에게 빚진 게 없었다.

경찰을 찾아가는 건 언제나 내가 할 수 있는 선택 중 하나가 될 것이다. 범인이 누구인지 파악하지 못하면, 그게 마지막 수단으로 남아 있을 것이다. 하지만 그동안은 시도를 해 볼 것이고, 그래서 베벌리 에스리지와 약속을 했고, 헨리 프레이저에게 들렀고, 내일 중에 시어도어 휘샌들을 만날 것이다. 어떻게 되든 그들 모두 내가 스피너의 후임이라는 걸 알게 될 것이고, 스피너가 그들에게 건 갈고리가 여전히 야무지게 걸려 있다는 걸 알게 될 것이다.

일단의 관광객들이 통로를 지나면서 높은 제단 위에 있는 정교한 석재 조각품들을 보라고 서로에게 손짓해 보였다. 그들이 지나갈 때까지 기다리면서 1~2분 정도 더 앉아 있다가 일어났다. 나가는 길에 문가에 있는 헌금함을 살펴봤다. 우리에겐 교회 일이나, 해외 포교를 발전시키거나 집 없는 아이들을 도울 수 있는 선택권이 있다. 나는 집 없는 아이들을 위해 스피너가 준 3000달러의 지폐 중에서 세 장을 헌금함에 넣었다.

내가 하는 일 중에 이유도 모르고 하는 일들이 있다. 십일조를 내는 게 그중 하나다. 얼마를 벌든 10분의 1은 그 돈을 받은 후에 우연히 찾아간 아무 교회에나 바치고 온다. 그 돈을 대부분 성당이 받는데, 내가 성당을 편애해서가 아니라 보통 거기가 더 오래 열려 있기 때문이다.

성 토마스 교회는 성공회 교회다. 교회 앞에 있는 명판에 소란스런 맨해튼 중간 지대에서 행인들을 위한 은신처가 될 수 있도록 일주일 내내 개방될 것이라고 나와 있었다. 관광객들이 낸 기부금으로 간접 비용을 충당할 거라고 짐작했다. 뭐, 이제 이 교회는 죽은 공갈범 덕분에 눈 깜짝할 사이에 300달러를 벌어서 전기세를 내는 데 보탤 수 있게 됐다.

나는 밖으로 나가서 시 외곽으로 향했다. 이제 스피너 자블런의 자리를 누가 차지했는지 숙녀분에게 알려 줘야 할 시간이었다. 일단 그들이 다 알게 되면, 나는 천천히 일을 할 수 있게 될 것이다. 긴장을 풀고 편히 앉아서, 스피너의 살인범이 날 죽이려고 하는 걸 기다릴 수 있을 것이다.

6장

피에르 호텔의 칵테일 라운지는 테이블 위에 있는 속이 깊고 파란 그릇 속에 있는 작은 초들이 조명 구실을 했다. 작은 테이블들은 서로 멀찍이 떨어져 있었다. 동그랗고 흰 테이블마다 파란 벨벳 의자들이 두세 개씩 놓여 있었다. 나는 어둠 속에서 눈을 깜박이며 서서 흰색 바지 정장을 입은 여자를 찾았다. 실내에는 일행이 없는 여자들이 너덧 있었는데, 바지 정장을 입은 사람은 하나도 없었다. 난 베벌리 에스리지를 찾다가, 저쪽 벽에 붙어 있는 테이블에 앉아 있는 그녀를 발견했다. 베벌리는 몸에 딱 붙는 감청색 드레스에 진주 목걸이를 하고 있었다.

나는 코트를 휴대품 보관소 직원에게 맡기고 그녀가 앉아 있는 테이블로 곧장 걸어갔다. 혹시 내가 다가오는 걸 그녀가 봤다면, 곁눈질로 봤을 것이다. 절대로 내가 있는 쪽으로 고개를 돌리지 않았으니까. 내가 맞은편에 있는 의자에 앉자, 그제야 나와 눈을 마주쳤다.

"전 기다리는 사람이 있는데요."

그녀는 그렇게 말하면서, 시선을 돌려 날 무시했다.

"내가 매튜 스커더입니다."

"제가 알아야 하는 분인가요?"

"연기력이 꽤 좋은데요. 흰색 바지 정장 맘에 듭니다, 어울려요. 내가 당신을 알아볼 수 있는지 알고 싶었던 거죠? 그렇게 해서 나에게 그 사진들이 있는지 확인하려고. 머리는 좋은 것 같은데, 차라리 사진을 한 장 가지고 오라지 그랬어요?"

그녀의 시선이 다시 내게 돌아왔고, 우리는 몇 분 동안 서로 노려봤다. 사진에서 본 그 얼굴이지만, 동일인이라고는 믿기 힘들었다. 그렇게 나이 든 건 모르겠는데, 훨씬 더 성숙해 보였다. 무엇보다 그 사진들과 체포 기록에 나와 있던 아가씨와는 판이하게 침착하고 세련된 분위기가 있었다. 귀족적인 얼굴과 목소리에서 엄격하게 교육을 받은 명문가 출신 티가 났다.

그때 그녀가 말했다.

"빌어먹을 짭새."

그녀의 얼굴과 목소리는 그 한마디에 뒤집혀 버렸고, 명문가 출신이란 분위기도 순식간에 증발해 버렸다.

"아무튼, 그건 어떻게 찾아냈죠?"

나는 어깨를 으쓱했다. 그리고 입을 열었지만, 웨이터가 다가오고 있었다. 나는 버번과 커피 한 잔을 시켰다. 그녀는 잠자코 고개만 끄덕여서 마시고 있던 걸 한 잔 더 가져오게 했다. 그게 뭔지는 모르겠다. 안에 과일이 많이 들어 있었다.

웨이터가 갔을 때 내가 말했다.

"스피너가 잠시 시내를 떠나 있어야 해서 자기가 없는 동안 내가 사업을 맡아 줬음 하더군요."

"아무렴 그러시겠죠."

"가끔은 그런 식으로 일이 흘러가기도 하죠."

"그래요. 당신이 그 자식을 체포하니까 그 자식이 빠져나갈 구멍으로 이걸 내놓은 거겠죠. 그 자식은 부패한 경찰에 잡혀야 했고."

"그럼 당신은 정직한 경찰을 상대하는 편이 나았을까?"

그녀는 한 손을 머리에 댔다. 곧게 뻗은 금발로 요새 사람들이 비달 사순 컷이라고 부르는 단발 스타일이었다. 사진에서 본 머리는 훨씬 더 길었지만 같은 색이었다. 아마, 타고난 금발인 모양이었다.

"정직한 경찰? 그런 경찰은 어디 가면 있나요?"

"주위에도 몇 명 있다고 하던데."

"아, 교통 순경."

"어쨌든 난 경찰 아닌데. 그냥 정직하지 않을 뿐." 그녀의 눈썹이 치켜 올라갔다. "몇 년 전에 옷 벗고 나왔습니다."

"그럼 이해가 안 되는데. 어떻게 그걸 손에 넣은 거죠?"

그녀는 정말 이해가 안 됐거나 아니면 스피너가 죽은 걸 이미 알고도 연기력이 뛰어난 건지도 모른다. 그게 바로 문제였다. 나는 모르는 사람 세 명과 포커를 치고 있는 데다 그들을 모두 한 테이블로 불러 모을 수도 없었다.

웨이터가 주문한 음료들을 가지고 돌아왔다. 나는 버번을 한 모금 마시고 커피를 조금 더 마신 후에, 남은 버번을 커피에 다 부었다. 원기를 북돋우면서 취할 수 있는 최상의 방법이었다.

"좋아요."

그녀가 말했다.

나는 그녀를 쳐다봤다.

"어디 한번 설명해 보시죠, 스커더 씨. 아무래도 이걸로 내 돈이 좀 나갈 것 같은데."

이제 명문가의 목소리와 함께 귀족적인 얼굴이 돌아왔다.

"사람은 먹어야 사니까요, 에스리지 여사."

그녀의 얼굴에 갑자기 미소가 떠올랐다. 자연스러운 미소인지 아닌지는 모르겠지만. 그 미소에 얼굴이 온통 환해졌다.

"베벌리라고 불러 줘요. 내 은밀한 모습들을 본 사람이 그렇게 격식을 차려서 부르니까 기분이 이상해지네. 사람들은 당신을 뭐라고 부르나요? 매튜?"

"대개는 그렇죠."

"가격을 불러 봐요, 매튜. 얼마나 들겠어요?"

"난 욕심이 많지 않습니다."

"만나는 여자마다 다 그렇게 말하고 다니시겠지. 그래서 욕심이 얼마나 많지 않은데요?"

"당신이 스피너와 했던 거래와 똑같은 조건을 받아들이기로 하죠. 스피너가 만족했으면 나도 만족합니다."

그녀는 생각에 잠긴 표정으로 고개를 끄덕였는데, 입가에 희미한 미소가 감돌고 있었다. 그녀는 앙증맞은 손가락을 입에 대더니 깨물었다.

"재미있네요."

"네?"

"스피너가 당신에게 별말 안 해 줬군요. 우리에게 정해진 거래 조건은 없었어요."

"뭐라고요?"

"정하려고 애를 쓰고 있었죠. 스피너에게 1주일에 한 번씩 뜯겨서 알거지로 죽고 싶지 않았으니까. 돈을 좀 주긴 했어요. 지난 6개월간 다 합쳐서 한 5000달러 정도 되는 것 같네요."

"그렇게 많은 건 아닌데."

"그리고 그 자식과 잠도 잤죠. 돈을 더 주고 섹스는 덜 하는 편이 좋았겠지만, 가진 돈이 별로 없어서. 남편이 부자지, 내가 부자인 건 아니니까요, 당신도 알다시피. 거기다 난 돈이 그다지 많지 않고."

"하지만 잠자리에선 훌륭하니까."

베벌리는 아주 노골적으로 자신의 입술을 핥았다. 그렇다고 해서 도발적인 매력이 줄어든 건 아니었다.

"둔한 양반인 줄 알았더니만."

"나도 목석은 아니거든요."

"그거 맘에 드네요."

나는 커피를 좀 마셨다. 그리고 주위를 둘러봤다. 모두 침착한 태도에 옷을 잘 차려입고 있는 것이 나와는 어울리지 않는 곳처럼 느껴졌다. 나는 있는 옷 중에서 가장 좋은 양복을 입고 있었는데, 가장 좋은 옷을 입은 경찰처럼 보였다. 내 앞에 앉아 있는 여자는 포르노 영화에 나왔고, 몸을 팔았고, 사기를 쳤다. 그런데도 지금 이곳이 자기 집인 것처럼 편안해 보이는 반면, 나는 여기서 물 위에 뜬 기름처럼 겉돌고 있다는 걸 알고 있었다.

"난 몸보단 돈을 갖고 싶은데요, 에스리지 여사."

"베벌리라고 불러요."

"베벌리."

나는 그녀의 말에 따랐다.

"아니면 베브라고 하든가, 그게 더 맘에 들면. 난 아주 잘해요, 당신도 알다시피."

"물론 그러겠죠."

"남자들이 나보고 전문가의 기술과 아마추어의 열정을 겸비했다고 하더군요."

"그러시겠죠."

"어쨌든, 당신도 생생한 증거를 봤잖아요."

"맞아요. 하지만 유감스럽게도 난 섹스보다 돈이 더 절실해서."

그녀는 천천히 고개를 끄덕였다.

"스피너가 있을 때 뭔가 거래할 건덕지를 정해 보려고 노력 중이었어요. 지금 구할 수 있는 현금이 별로 없어요. 보석도 팔고, 돈 되는 것들을 팔았지만, 그건 그저 시간을 벌어 보자고 그런 거고. 시간을 좀 주면 돈을 마련할 수 있을 거예요. 상당한 돈을."

"상당하다면 얼마나?"

베벌리는 그 질문을 무시했다.

"문제는 바로 이거예요. 있죠, 난 매춘부였어요. 당신도 그건 알죠? 잠깐 동안만 했던 거였는데, 내가 다니는 정신과 의사는 그게 내면의 불안과 적개심을 밖으로 표출하기 위한 극단적인 수단이라고 하더군요. 대체 뭐라는 소린지 난 하나도 못 알아들었지만, 뭐 본인도 알고 하는 소리는 아니었겠죠. 난 이제 깨끗해요. 사람들의 존경을 받는 귀부인에다, 스케일은 작지만 빌어먹을 제트족(여행을 많이 다니는 부자들 ─ 옮긴이)이기도 하죠. 하지만 난 이런 판이 어떻게 굴러가는지 알고 있어요. 일단 돈을 바치기 시작하면, 평생 그렇게 된다는 거."

"그게 일반적인 패턴이죠, 맞아요."

"난 그런 패턴은 싫단 말이죠. 그냥 한 번에 크게 써서 그걸 다 사들이고 싶어요. 하지만 그렇게 하는 방식을 만들어 내기가 쉽지 않다는 말이에요."

"내게 언제나 복사본이 있을 수 있으니까."

"그렇죠. 그리고 당신 머릿속에 그 정보를 담고 있을 수 있고. 그 정보 하나만으로도 날 파멸시킬 수 있는 거고."

"그러니까 한번 돈을 주면 그걸로 끝이라는 보장이 필요하겠군."

"바로 그거예요. 당신에게 찔러 놓을 갈고리가 하나 필요해요. 그래야 사진을 한 장이라도 가지고 있을 생각도 못 하지, 아니면 다시 돌아와서 날 또 우려먹지 못하게 할 수 있는 뭔가가 필요하죠."

"그거 참 쉽지 않겠네."

나도 동의했다.

"스피너와도 그런 식으로 해 보려고 노력 중이었겠죠?"

"맞아요. 우리 둘 다 상대의 맘에 드는 조건을 생각해 낼 수 없었어요. 그래서 그동안은 섹스와 푼돈으로 시간을 끌었고."

그녀는 입술을 핥았다.

"꽤 흥미로운 섹스였죠. 그 사람이 나한테 기대하는 것도 있고 해서. 그렇게 키가 작은 사람은 젊고 예쁜 여자랑 해 본 경험이 많지 않을 거 아니에요. 거기다 물론 사회적인 지위란 것도 한몫했을 것이고. 나란 여자는 파크 애비뉴 여신인데, 그 사람은 내 은밀한 사진들을 가지고 있고 나에 대한 이런저런 비밀들을 자기만 알고 있으니까. 그에게 특별한 여자가 된 거죠. 난 그 사람이 매력적이라고 생각하지도 않았고, 좋아하지도 않았어요. 그 남자 매너도 맘에 안 들었고, 날 그렇게 휘두르는 것도 끔찍이 싫었고. 그런데도 우린 같이 재미있는 시도들을 해 봤죠. 그치가 그 방면으론 의외로 기발하더라고요. 그 인간하고 그 짓을 '해야 한다'는 건 싫었는데, '하는' 건 좋았거든. 내 말이 무슨 말인지 알아요?" 나는 아무 말도 하지 않았다. "우리가 해 본 것 중에서 몇 가지 말해 줄 수도 있는데."

"굳이 그럴 것 없어요."

"듣다 보면 흥분될지도 몰라요."

"그런 일 없을 겁니다."

"당신은 날 별로 안 좋아하는군요."

"뭐, 그렇다고 무지하게 싫어하는 것도 아니죠, 사실 내가 당신을 좋아할 여유가 없잖습니까, 안 그런가요?"

그녀는 마시던 술을 좀 마시고, 입술을 다시 핥았다.

"나랑 잔 경찰이 당신이 처음도 아닌데 뭘. 현역에 있을 때는, 그것도 업무의 일부 아닌가? 난 밤일에 대한 걱정이 없는 경찰은 한 번도 못 만나 본 것 같은데. 총이랑 야경봉이랑 뭐 그딴 것들을 들고 다니니까 그런 걱정을 하는 것 같기도 하고. 그렇게 생각

안 해요?"

"그럴 수도 있고."

"내 개인적인 의견을 말하자면, 경찰이든 아니든 남자는 다 거기서 거기던데."

"이야기가 삼천포로 빠진 것 같은데요, 에스리지 여사."

"베벌리라니까."

"돈 이야기나 합시다. 당신이 크게 한번 쓰면 자유의 몸이 될 수 있는 거고, 난 손 터는 겁니다."

"그게 대체 얼마라는 거죠?"

"5만 달러."

그녀가 어느 정도 예상하고 있었는지 모르겠다. 그녀와 스피너가 비싼 침대보 위에서 굴러다니는 와중에 가격에 대해 의논을 했는지도 모르겠다. 베벌리는 입술을 오므리고 조용히 휘파람을 불어서 내가 거액을 불렀다는 티를 냈다.

베벌리가 말했다.

"생각 한번 비싸게 하시네."

"한번 쓰면 그걸로 끝인데."

"다시 원점으로 돌아가서. 그걸 내가 어떻게 알죠?"

"당신이 그 돈을 낼 때, 날 통제할 수 있는 정보를 하나 내주리다. 내가 몇 년 전에 한 짓이 있는데, 그거면 오랫동안 감방에서 썩을 수 있거든. 자세한 정황을 다 적은 진술서를 써 줄 수도 있고. 당신이 5만 달러를 주면, 스피너가 당신에 대해 가지고 있던 물건과 함께 그걸 주지요. 그러면 나도 꼼짝없는 거고."

"경찰 부패라든가 뭐 그런 건 아니죠?"

"네, 그런 거 아닙니다."

"누군가 죽게 했군요."

난 아무 말도 하지 않았다.

그녀는 천천히 시간을 들여 생각했다. 그리고 담배 한 대를 꺼내 깔끔하게 손질이 된 손톱에 대고 끝을 톡톡 쳤다. 내가 불을 붙여 주길 기다리고 있었던 것 같다. 하지만 나는 맡은 배역에 충실해서 직접 하게 내버려 뒀다.

마침내 그녀가 말했다.

"그러면 될 것도 같은데."

"내 모가지를 내놓을 거라니까. 내가 내뺐다가 다시 당신 목을 조를까 봐 걱정할 일은 없을 겁니다."

그녀는 고개를 끄덕였다.

"단지 문제가 하나 있어요."

"돈?"

"그게 문제예요. 좀 깎을 순 없을까요?"

"그건 안 되죠."

"난 정말 그런 큰돈이 없다니까."

"남편에게 있잖아요."

"그 돈이 내 핸드백으로 오는 게 아니라니까요, 매튜."

"난 언제든지 중개인은 건너뛸 수 있는데. 그 물건들을 곧바로 당신 남편에게 보내는 거죠. 남편은 돈을 줄걸요."

"개자식."

"어때요? 주지 않을까요?"

"돈은 다른 데서 구할 거야. 이 개자식아. 사실, 남편은 안 줄

걸? 그리고 그렇게 되면 당신도 협박할 건덕지가 없어지잖아, 안 그래요? 당신은 돈 뜯어낼 구멍이 없어지는 거고, 난 인생 종치는 거고. 우리 둘 다 빈 손 쥐게 되는 거지. 정말 그렇게 해보고 싶은 거예요?"

"굳이 그렇게까지 안 해도 되면 안 하는 거고."

"돈을 구해 오면 된다는 뜻이잖아요. 시간을 좀 줘요."

"2주."

베벌리는 고개를 흔들었다.

"아무리 못해도 한 달."

"여기에 그렇게 오래 있을 계획이 아니었는데."

"더 빨리 구할 수 있다면 그렇게 할게요. 날 좀 믿어 줘요. 당신이 더 빨리 떨어질수록, 나야 더 좋죠. 하지만 한 달 정도는 걸릴 거예요."

난 한 달이면 괜찮겠지만 그렇게 오래 걸리지 않기를 바란다고 말했다. 그녀는 내게 개자식에다 쌍놈의 새끼라고 욕설을 퍼붓더니 갑자기 돌변해 다시 교태를 부리면서 아무튼 그냥 재미로 자기랑 자 보고 싶지 않냐고 물었다. 차라리 이 새끼, 저 새끼 할 때가 훨씬 나았다.

"당신이 내게 전화 거는 건 싫어요. 당신이랑 연락하려면 어떻게 해야 하죠?"

나는 내 호텔 이름을 가르쳐 줬다. 그녀는 내색하지 않으려고 애를 썼지만, 내가 순순히 알려 줘서 놀란 기색이 역력했다. 스피너는 자기가 어디 사는지 안 알려 준 모양이었다.

물론 스피너 입장은 이해가 됐다.

7장

    스물다섯 번째 생일에 시어도어 휘샌들은 250만 달러를 상속받았다. 1년 뒤에 그는 헬렌 골드윈과 결혼해서 거기다 100만 달러 조금 넘게 보탰다. 그 후 5년 정도 되는 시간에 아내와 합친 전 재산이 1500만 달러로 불어나 있었다. 서른다섯 살이란 나이에 그는 사업체들을 매각하고, 샌즈포인트의 해안가에 있는 대규모 사유지를 떠나 70번가와 5번 애비뉴 사이에 있는 협동조합 아파트로 이사 와서 공익 사업에 전념했다. 대통령이 그를 위원회로 불러들였다. 시장은 그를 공원 및 위락 시설 관리소장으로 발탁했다. 휘샌들은 인터뷰도 재치 있게 하고 좋은 기삿거리여서 언론의 사랑을 받았다. 그래서 신문에 자주 나왔다. 지난 몇 년 동안 그는 전국 곳곳에서 연설을 했고, 민주당 자금 모금 만찬 행사마다 얼굴을 비추고, 사방에서 기자 회견을 열고, 가끔 텔레비전 토

크쇼에 게스트로 나오기도 했다. 휘샌들은 항상 주지사에 출마하지 않을 거라고 말했지만, 난 그의 집에서 키우는 개조차도 그 말을 믿을 정도로 멍청하진 않으리라고 생각했다. 그는 출마만 하는 게 아니라 거기에 전력을 다하고 있었고, 자금도 두둑한 데다, 밀어 달라고 청할 곳도 많았다. 그리고 키가 훤칠하게 큰 미남에 눈이 부실 정도로 매력적인 데다, 확고한 정치적 입장이란 것 자체가 있는지도 의심스러워서 설사 그런 게 있다고 해도 다수의 중도적인 성향을 보유한 유권자들을 소외시킬 만큼 어느 한쪽으로 치우쳐 있지 않은 사람이었다.

전문가들은 그가 후보로 지명될 확률을 3분의 1 정도로 봤는데, 지명만 된다면 유력한 당선 후보였다. 거기다 고작 마흔한 살이었다. 아마도 그는 이미 올버니(뉴욕 주의 주도 — 옮긴이)를 넘어 워싱턴을 바라보고 있을 것이다.

그런데 고약한 사진 몇 장이 그 모든 걸 대번에 끝내 버릴 수 있었다.

시청에 그의 사무실이 있었다. 나는 지하철을 타고 채임버스 가로 가서 시청으로 향했지만, 먼저 우회하고 센터 가까지 걸어가서 경찰 본부 앞에 몇 분 동안 서 있었다. 경찰로 일할 때 형사 법원에 출두하기 전이나 후에 가던 술집이 거리 맞은편에 있었다. 하지만 한잔하기엔 좀 일렀고, 누구와도 마주치고 싶지 않아서 시청으로 가서 가까스로 휘샌들의 사무실을 찾아냈다.

휘샌들의 비서는 뻣뻣한 회색 머리에 파란 눈빛이 날카롭고, 나이가 지긋한 여자였다. 내가 휘샌들을 만나고 싶다고 하자 비서가 내 이름을 물었다.

나는 은화를 꺼내고 말했다.

"잘 봐요."

그리고 그 동전을 그녀의 책상 가장자리에서 돌렸다.

"휘샌들 씨에게 내가 어떻게 했는지 정확히 보고하고, 다른 사람이 없는 자리에서 보고 싶다는 말까지 꼭 전해요. 지금 당장."

비서는 한동안 내 얼굴을 찬찬히 뜯어봤는데, 아마도 내가 제정신인지 판단하려고 그랬을 것이다. 그러더니 전화기로 팔을 뻗었는데, 내가 그녀의 손 위에 부드럽게 내 손을 올려놨다.

"직접 가서 물어봐요."

비서는 또다시 고개를 살짝 옆으로 꼬고 오랫동안 날 노려봤다. 그러더니 어깨 한번 으쓱하지 않고, 일어서서 휘샌들의 사무실로 들어가면서 문을 닫았다.

그녀는 거기서 오래 머물지 않았다. 어리둥절한 표정으로 금방 나오더니 휘샌들 씨가 날 만날 것이라고 전했다. 나는 이미 금속 옷걸이에 내 코트를 걸었다. 그리고 휘샌들의 방문을 열고 들어가서 문을 닫았다.

휘샌들은 읽고 있던 서류에서 눈을 떼지도 않은 채 말을 하기 시작했다.

"당신이 여기 오지 않기로 한 점에 동의한 걸로 생각했는데. 난 우리가……" 그러다 고개를 들어 날 본 휘샌들의 표정이 어딘가 변했다. "당신은 그 사람이 아니……"

나는 1달러 동전을 공중으로 휙 던졌다가 다시 잡았다.

"난 조지 래프트(미국의 영화배우 — 옮긴이)도 아닙니다. 누굴 예상하고 있었습니까?"

휘샌들은 날 바라봤고, 난 그의 얼굴에서 뭔가 알아내려고 해 봤다. 그는 신문에 나온 사진보다 실물이 훨씬 나았고, 내가 가지고 있는 그 자연스런 모습 그대로 찍은 사진보다도 훨씬 더 잘생겼다. 휘샌들은 시청에서 지급한 일반적인 물품들이 구비된 사무실의 거대한 철제 책상 뒤에 앉아 있었다. 그는 자신의 재력으로 이 사무실의 실내 장식을 다시 할 수도 있었을 것이다. 그의 자리에 있는 많은 사람들이 그렇게 했다. 그렇게 하지 않았다는 점이 그에 대해 뭔가를 말해 주는 건지, 아니면 그게 무슨 의미가 있는지는 나도 모르겠다.

내가 말했다.

"그거 오늘자 《뉴욕 타임스》인가요? 은화를 가진 다른 남자를 예상하고 있었다면, 오늘 신문을 제대로 안 읽었단 말인데. 2면 3페이지의 밑부분에 나와 있습니다."

"대체 무슨 이야기를 하는 건지 이해가 안 되는군요."

나는 신문을 가리켰다.

"어서 읽어 봐요. 3페이지."

내가 계속 서 있는 동안 그가 기사를 찾아서 읽었다. 나는 아침을 먹으면서 그 기사를 봤는데, 그걸 찾고 있지 않았다면 못 보고 지나쳤을 것이다. 그게 신문에 나올지 안 나올지는 모르고 있었다. 하지만 이스트 강에서 건져 올린 시체가 제이컵 '스피너' 자블런으로 신원이 확인됐으며 그의 경력에서 흥미로웠던 점 몇 가지를 적은 기사가 세 단락으로 나와 있었다.

나는 휘샌들이 그 단신을 읽는 동안 주의 깊게 지켜봤다. 그의 반응이 결코 합법적인 반응이 아니라곤 볼 수 없었다. 순식간에 얼굴에서 핏기가 싹 가셨고, 관자놀이에서 맥박이 울뚝불뚝 뛰었다. 어찌나 세게 움켜쥐었던지 신문지가 찢어졌다. 그건 물론 휘샌들이 스피너가 죽은 사실을 몰랐다는 뜻일 수도 있지만, 마찬가지로 시체가 떠오를 거라고 예상하지 못했는데 별안간 자신이 지금 어떤 입장에 처했는지 깨달은 것일 수도 있었다.

"맙소사. 내가 두려워하던 게 바로 이거였는데. 그래서 내가 그걸 원했던 건데. 아, 빌어먹을!"

휘샌들은 날 보고 있지 않았고, 나에게 말한 것도 아니었다. 내가 그와 같은 방에 있다는 사실을 잊어버린 것 같은 느낌을 받았다. 그는 지금 자신의 미래를 바라보면서 그 미래가 하수구 구멍으로 흘러 내려가는 것을 바라보고 있었다.

"바로 이런 걸 두려워했는데. 제가 그 사람에게 계속 말했는데, 그 사람이 그랬습니다. 만약 자기에게 무슨 일이 생기면, 자기 친구가 그걸…… 그 사진들을 어떻게 처리해야 할지 알 거라고. 하지만 절 두려워할 이유가 하나도 없었는데. 제가 말했어요, 날 두려워할 이유가 없다고. 난 얼마가 됐든 지불했을 거고, 그 사람도 그걸 알고 있었어요. 하지만 그 사람이 죽어 버리면 전 어떻게 하죠? '내가 영원히 살길 기도하는 게 나을 거요.' 그 사람이 그렇게 말하더군요." 휘샌들은 고개를 들어 날 바라봤다. "그런데 이제 그 사람이 죽었군요. 당신은 누구죠?"

"매튜 스커더입니다."

"경찰에서 나오신 겁니까?"

"아닙니다. 몇 년 전에 그만뒀지요."

그는 눈을 깜박였다.

"그럼 전…… 전 당신이 왜 여기 왔는지 모르겠는데요."

휘샌들은 어찌할 바를 모르는 데다 난처한 목소리였다. 그 자리에서 울기 시작한다고 해도 놀랍지 않았을 것이다.

내가 설명했다.

"저는 일종의 프리랜서입니다. 사람들의 부탁을 들어주고, 여기저기서 몇 푼씩 받고, 뭐 그렇습니다."

"사립 탐정인가요?"

"그렇게 정식으로 하는 건 아니고. 눈과 귀를 활짝 열어 두는 그런 일을 하죠."

"알겠습니다."

"내 오랜 친구 스피너 자블런에 대한 이 기사를 읽고 내가 어떤 사람에게 호의를 베풀어 줄 입장에 놓일지도 모른다는 생각을 했습니다. 사실, 당신을 위한 호의죠."

"네에?"

"난 스피너에게 당신이 손에 넣고 싶은 뭔가가 있을지도 모른다는 생각을 했습니다. 그게 말입니다. 아시다시피, 눈과 귀를 열어 놓고 살다 보면, 뭘 찾아낼지 모르는 법이죠. 일종의 사례금이 있을지도 모른다는 생각을 했는데요."

"알겠습니다."

휘샌들이 말했다. 그는 뭐라고 더 말하기 시작했지만, 그때 전화벨이 울렸다. 휘샌들은 전화기를 들고 비서에게 아무 전화도 받지 않겠다고 말하다가, 시장에게서 온 전화인 것을 알자 피하지 않기로 했다. 나는 의자를 끌어당겨서 시어도어 휘샌들이 뉴욕 시장과 통화하는 동안 앉아 있었다. 사실 통화 내용에는 별 관심을 갖지 않았다. 통화가 끝났을 때, 그는 인터콤으로 잠시 전화 온 사람들에게 모두 외출한 것으로 말하라고 강조했다. 그러고 나서 날 향해 고개를 돌려 땅이 꺼져라 한숨을 쉬었다.

"사례금이 있을지 모른다고 생각했다고요."

나는 고개를 끄덕였다.

"제 시간과 비용에 대한 보상으로."

"당신이 그…… 자블런이 말한 친구인가요?"

"난 그의 친구였습니다."

나는 그렇게 인정했다.

"그 사진들을 가지고 있습니까?"

"그 사진들이 어디 있는지 알지도 모른다고 해 두죠."

휘샌들은 이마를 손바닥으로 받치고 머리를 긁적였다. 그의 머리는 옅지도 진하지도 않은 갈색에 길지도 짧지도 않았다. 마치 그의 정치적 입장처럼, 누구의 심기든 거슬리지 않게 디자인한 것 같았다. 그는 안경 너머로 날 바라보더니 다시 한숨을 쉬었다.

그리고 차분하게 말했다.

"그 사진들을 손에 넣기 위해서라면 전 상당한 금액을 지불할 겁니다."

"저도 그건 이해할 수 있습니다."

"사례금은…… 섭섭하지 않으실 겁니다."

"아마도 그럴 거라고 생각했습니다."

"사례금은 섭섭하지 않게 드릴 수 있지만, 저기…… 성함을 못 들은 것 같은데."

"매튜 스커더입니다."

"그러시군요. 제가 평소에는 사람 이름을 잘 기억하는 편인데."
그의 눈이 가늘어졌다. "아까 말한 것처럼, 스커더 씨, 사례금은
넉넉히 드릴 형편이 됩니다. 다만 제가 감당할 수 없는 건 그 물건
이 계속 존재하고 있다는 사실입니다."

휘샌들은 숨을 고르고 나서 허리를 곧추 세워 앉았다.

"전 차기 뉴욕 주지사가 될 겁니다."

"많은 사람들이 그렇게 말하더군요."

"앞으로 더 많은 사람들이 그렇게 말할 겁니다. 제게는 능력도
있고, 상상력도 있고, 비전도 있습니다. 전 정당의 윗사람들에게
신세를 져서 매여 있는 일꾼이 아닙니다. 전 돈이 있어서 독자적
으로 활동할 수도 있습니다. 그렇다고 정치를 해서 돈을 벌 생각
도 없습니다. 전 훌륭한 주지사가 될 수 있습니다. 뉴욕 주는 리더
십이 필요해요. 제가 할 수 있는."

"아마 난 당신에게 표를 던질 겁니다."

휘샌들은 서글픈 미소를 지었다.

"지금은 정치 연설을 할 때가 아니겠죠? 특히 제가 후보라는
사실조차 부인해야 하는 조심스러운 때에. 하지만 이 일이 제게
얼마나 중요한지 아셔야 합니다, 스커더 씨."

나는 아무 말도 하지 않았다.

"구체적인 사례금 액수를 생각하셨나요?"

"그건 직접 정하셔야 합니다. 물론, 액수가 높을수록, 동기도
더 커지겠죠."

휘샌들은 양손의 손가락 끝을 붙이고 숙고했다.

"10만 달러."

"상당히 후하신데요."

"사례금으로 제가 치르게 될 액수입니다. 완전히 모든 것을 넘기는 대가로."

"다 받았다는 걸 어떻게 알죠?"

"그건 제가 생각해 봤습니다. 자블런과 그 문제가 있었죠. 우리의 협상은 그 사람과 제가 같은 방에 있기 힘들다는 데서 문제가 더 복잡해졌습니다. 전 본능적으로 이 사람과 거래를 하면 평생 시달리게 될 거라는 걸 알고 있었습니다. 제가 상당한 돈을 주면, 그 사람은 조만간 그 돈을 다 써 버리고 더 달라고 다시 돌아오겠죠. 제가 알기론, 공갈범들은 항상 그렇습니다."

"대개는 그렇죠."

"그래서 전 그 사람에게 매주 지불했습니다. 마치 몸값을 지불하는 것처럼, 일련번호가 뒤죽박죽인 옛날 지폐들을 봉투에 넣어 줬죠. 사실 어떤 의미에서는 몸값이나 다름없었죠. 전 제 미래를 내주고 있었던 겁니다."

그는 목재 회전의자에 등을 기대고 앉아서 눈을 감았다. 그는 미남에 인상도 강했다. 난 그 강한 얼굴에 분명 약한 면도 있을 거라고 짐작했다. 행동에서도 보였고, 조만간 얼굴에 성격이 드러나기 마련이니까. 그런 점이 남보다 더 늦게 나타나는 사람도 있다. 휘샌들의 얼굴에 약한 면이 있다 해도, 아직은 찾아낼 수 없었다.

"제 모든 미래들. 매주 돈을 주는 건 감당할 여력이 있었습니다. 그건(순간적으로 그 서글픈 미소가 떠올랐다.) 선거 자금으로 생각할 수 있었죠. 지속적인 선거 운동으로. 제가 걱정했던 건 제가 계속 약자일 수밖에 없다는 점이었습니다. 자블런 씨에게 약자가 아니라 그가 죽었을 때 무슨 일이 생길지 모른다는 거죠. 오, 하느님. 사람들은 매일 죽습니다. 보통 하루에 뉴욕 사람들이 몇 명이나 살해되는지 아십니까?"

"전에는 세 명이었습니다. 여덟 시간마다 한 명씩 살인사건이 일어났죠. 그게 평균이었습니다. 지금은 더 늘었겠죠."

"제가 들은 숫자는 다섯이었습니다."

"여름엔 더 높아집니다. 지난 7월 한 주 동안에 일어난 사건들을 합치면 쉰 명이 넘어요. 하루에 열네 명이죠."

"네, 저도 그 주가 기억납니다."

휘샌들은 잠시 눈길을 돌렸는데, 생각에 잠긴 게 분명했다. 그가 주지사가 됐을 때 살인 발생률을 어떻게 줄일 것인지 아니면 그 희생자 명단에 어떻게 내 이름을 추가시킬 것인지를 계획하는지는 알 수 없었다. 휘샌들이 말했다.

"자블런이 살해됐다고 추측해도 될까요?"

"그거 말고 달리 어떻게 추측해야할지 모르겠는데요."

"그런 일이 일어날지도 모른다고 생각했습니다. 말하자면, 그 점에 대해 걱정했죠. 그런 사람은 살해될 확률이 일반인보다 훨씬 더 높죠. 제가 그 사람의 유일한 피해자는 아니라고 확신합니다."

그의 목소리의 음높이가 마지막 부분에서 한 단계 올라갔고, 그는 자신의 짐작을 내가 확인시켜 주거나 부인하길 기다렸다. 내가 그보다 더 오래 버티면서 입을 다물고 있자, 그는 이야기를 계속 이어 나갔다.

"하지만 그 사람이 살해되지 않았다고 해도, 스커더 씨, 인간은 죽습니다. 인간은 영원히 살지 않죠. 전 그 느물거리는 남자에게 매주 돈을 주고 싶지 않았지만, 지불을 중단했을 때 일어날 수 있는 일은 그보다 훨씬 더 끔찍했어요. 그 사람은 무수한 방식으로 죽을 수 있었죠. 어떤 방식으로든 죽을 수 있었다고요. 이를테면 약물 과다 복용이라든가."

"약물은 쓰지 않았다고 생각합니다."

"음, 제 말의 요지는 이해하시죠?"

"버스에 치였을 수도 있겠죠."

"제 말이 바로 그 말입니다." 휘샌들이 또 기나긴 한숨을 쉬었다. "전 또다시 이런 고통을 겪을 수 없습니다. 제 입장을 단도직입적으로 말해 드리죠. 만약 당신이…… 그 물건을 찾아낸다면, 제가 아까 말한 금액을 지불하겠습니다. 10만 달러, 어떤 방식으로든 당신이 구체적으로 명시하는 대로 말입니다. 그쪽을 선호하신다면 스위스의 개인 구좌로 넣어드릴 수도 있고, 아니면 현금으로 당신에게 건네 드릴 수도 있습니다. 그 대가로 당신이 모든 자료를 하나도 빼지 않고 넘기고 평생 입을 다물고 있기를 기대하겠습니다."

"합리적인 제안이군요."

"저도 그렇다고 생각합니다."

"하지만 당신이 지불한 대가로 그것들을 다 받게 된다는 보장은 없을 텐데요?"

그는 날카로운 눈빛으로 날 뜯어본 후에 말했다.

"전 제게 사람 보는 눈이 있다고 생각하는 편입니다."

"그래서 날 정직하다고 판단한 겁니까?"

"그럴 리가요. 모욕을 주려고 한 말은 아닙니다, 스커더 씨. 하지만 그런 결론을 내린다면 제가 너무 순진한 거 아닌가요?"

"아마도 그렇겠죠."

"전 당신이 머리가 좋은 분이라고 판단했습니다. 그러니 하나하나 다 설명해 드리죠. 전 당신에게 제가 말한 그 금액을 지불할 겁니다. 그리고 만약 미래 어느 때고, 당신이 내게서 돈을 더 뜯어내려고 한다면, 어떤 핑계로든, 전…… 어떤 사람들에게 연락해서 당신을 죽이라고 할 겁니다."

"그럼 당신이 곤혹스러워질 수도 있을 텐데요."

"그럴지도 모르죠."

휘샌들은 내 말에 동의했다.

"하지만 어떤 자리에 있게 되면 그런 위험은 감수해야 할 겁니다. 그리고 조금 전에 당신이 머리가 좋은 분이라고 생각한다고 말했죠. 그 말은 당신에게 지금 제 말이 허세인지 아닌지 시험해 보려고 하지 않을 만한 머리는 있을 거라는 느낌을 받았다는 뜻이었습니다. 10만 달러면 사례금으로 충분할 겁니다. 과욕을 부릴 정도로 미련한 분이라곤 생각하지 않습니다."

나는 그가 한 말을 생각해 보고, 천천히 고개를 끄덕였다.

"질문이 하나 있는데요."

"해 보세요."

"왜 이 제안을 스피너에게 할 생각은 하지 않았습니까?"

"생각해 봤습니다."

"하지만 하진 않았죠."

"그렇습니다, 스커더 씨. 안 했습니다."

"왜죠?"

"그 사람은 그 정도로 머리가 좋다고 생각하지 않았기 때문입
니다."

"그 점은 잘 보신 것 같군요."

"왜 그런 말을 하는 거죠?"

"그 친구는 결국 강바닥에 처박히는 신세가 됐습니다. 그건 영
리한 짓이 아니죠."

8장

그날이 목요일이었다. 나는 정오가 되기 조금 전에 휘샌들의 사무실을 나와 그다음에 뭘 할지 생각해 보려고 했다. 이제 세 명을 다 봤다. 모두에게 다 통보했고, 이제 모두 내가 누구고 어디서 날 찾을 수 있는지 알고 있었다. 그 뒤를 이어서 스피너의 사업에 대해 몇 가지 알아내긴 했는데 그것 말고 별 소득은 없었다. 프레이저와 에스리지는 스피너가 죽었다는 걸 알고 있었다는 내색은 전혀 하지 않았다. 휘샌들은 내가 그 사실을 알려 줬을 때 정말 충격을 받고 경악한 것처럼 보였다. 지금까지는 내 자신을 목표로 만든 것 말고는 한 일이 없는 것 같았고, 심지어 그것마저도 제대로 했는지 확신이 서지 않았다. 내가 공갈범치고 너무 합리적으로 행동했을 가능성도 농후했다. 이 셋 중 하나가 살인을 시도했는데, 그것마저도 잘 풀리지 않았으니, 또다시 시도해 볼 마음이 없을 수도 있었다. 난 베벌리 에스리지에게 5만 달러를 받고, 그 두 배를 시어도어 휘샌들에게 챙기고, 아직은 미정인 금액을 헨리 프레이저에게서 받을 수도 있었다. 하나만 빼면 완벽할 뻔했다. 난 부자가 되려는 게 아니라 살인자를 잡을 덫을 놓으려고 한다는 것이다.

주말은 천천히 흘러갔다. 나는 도서관에 있는 마이크로필름실에서 시간을 좀 보내면서 오래된 《뉴욕 타임스》 기사들을 훑어보고 세 명의 용의자들과 그들의 다양한 친구들과 친척들에 대한 쓸모없는 정보를 알게 됐다. 헨리 프레이저가 관련된 쇼핑센터에 대한 오래된 기사가 나온 페이지에 우연히 내 이름이 나온 걸 봤다. 경찰을 그만두기 약 1년 전에 했던 아주 끝내주는 체포에 대한 기사였다. 당시 파트너와 나는 전 세계인들이 과다 복용할 수 있을 정도로 막대한 양의 순도 높은 헤로인을 가지고 있는 헤로인 도매업자를 쫓고 있었다. 그 기사의 결말을 몰랐더라면 훨씬 더 즐겁게 읽었을 것이다. 그 도매업자에게는 유능한 변호사가 있었고, 그 재판은 절차상의 문제로 기각됐다. 그때 소문으로는 판사의 마음을 돌리는 데 2만 5000달러가 든다고 했다.

그러니까 살다 보면 그런 일들에 대해 냉정해지는 법을 배우게 된다. 우리는 그 개자식을 감방에 처넣지는 못했지만, 상당히 큰 타격을 줬다. 판사를 매수하는 데 2만 5000달러, 변호사에게 1만 혹은 1만 5000달러가 우습게 나가고, 거기다 헤로인까지 잃었는데 그렇게 되면 이미 수입업자에 지불한 대금에다 그걸 팔았을 때 벌어들일 거라고 예상한 수익마저 빠져나간 셈이다. 그 자식이 감방에 가는 걸 보면 기분이 더 째졌겠지만, 인생이란 주는 대로 만족해야 하는 법이다. 그 판사처럼.

일요일에 전화번호부에서 찾아보지 않아도 되는 번호로 전화를 걸었다. 전화를 받은 애니타에게 우편환을 부쳤다고 말했다.

"돈이 좀 생겼거든."

"아, 우리야 잘 쓸 수 있지. 고마워. 아이들이랑 통화하고 싶어?"

애니타가 말했다.

그렇기도 하고 아니기도 했다. 직접 통화하는 게 좀 쉽게 느껴질 정도로 아이들이 컸지만, 그래도 여전히 통화하는 게 어색했다. 우린 농구에 대해 이야기했다.

전화를 끊자마자, 기묘한 생각이 하나 떠올랐다. 다시는 아이들과 이야기를 하지 못할지도 모른다는 생각이 들었다. 스피너는 선천적으로 조심스런 사내였다. 남의 이목을 끌지 않게 처신하면서 깊은 어둠 속에서 가장 편안해하던 사람이었는데도, 결과적으론 충분히 조심하지 못했다. 난 열린 공간에 익숙해져 있는 데다, 사실 암살을 시도하려면 열린 공간에서 하는 법이었다. 스피너의 살인범이 날 죽이기로 했다면, 성공할 수도 있는 것이다.

다시 전화를 걸어서 아이들에게 이야기를 하고 싶었다. 뭔가 중요한 할 말이 있을 것 같았다. 어쩌면 내가 감당할 수 있는 것보다 훨씬 더 큰 일을 벌였을지도 모르니까 말이다. 하지만 그 중요한 게 무엇일지 도저히 생각이 나지 않았고, 몇 분 지나자 그런 충동은 사라졌다.

그날 밤 진탕 퍼마셨다. 오히려 다행스러운 건 아무도 날 죽이려 하지 않았다는 것이다. 그랬다면 식은 죽 먹기였을 텐데.

월요일 아침에 프레이저에게 전화했다. 그동안 많이 풀어 주고 있었지만 이참에 확 조여야 했다. 비서가 지금 다른 전화를 받고 있는데 기다리겠냐고 물었다. 나는 1~2분 정도 기다렸다. 그러자 비서가 다시 나와서 아직도 기다리고 있는지 확인하고 연결시켰다.

내가 말했다.

"확실하게 보장이 되는 거래 방식을 결정했습니다. 경찰이 그동안 제게 덮어씌우려고 했지만 성공하지 못했던 일이 있습니다." 프레이저는 내가 경찰이었던 것을 모르고 있었다. "제가 진술서를 쓸 수 있습니다, 충분한 증거까지 포함해서 완벽하게 말입니다. 그걸 우리 거래의 일부로 드리겠습니다."

이건 기본적으로 베벌리 에스리지에게 테스트해 본 방식이었고, 그녀에게 그랬던 것처럼 프레이저에게도 합리적인 방식이었다. 둘 다 그 안에 숨겨진 거짓말을 알아내지 못했다. 내가 해야 할 일은 저지르지도 않은 범죄를 아주 자세하게 고백하는 것인데, 그거로는 어느 누구도 내 머리에 총을 겨누지 못할 것이다. 하지만 프레이저는 그 부분을 몰라서 내가 한 제안을 마음에 들어 했다.

그가 마음에 들어 하지 않았던 부분은 바로 내가 정한 가격이었다.

"그건 불가능해요."

"괜히 조금씩 나눠서 주는 것보단 쉽죠. 당신은 자블런에게 한 달에 2000달러씩 주고 있었습니다. 저에게 한 번에 6만 달러를 주면, 3년 치도 안 되는 금액인 데다 그걸로 영원히 끝이 될 겁니다."

"그런 큰돈은 마련할 수 없습니다."

"방법을 찾게 되겠죠, 프레이저 씨."

"도저히 불가능해요."

"바보 같은 소리 하지 마세요. 당신은 그 분야에서 거물이자 성공한 분이잖습니까. 현금으로 그만한 돈이 없다면, 분명 대출을 받을 수 있는 자산은 있겠죠."

"그럴 수가 없단 말입니다." 그의 목소리가 갈라졌다. "난 그동안…… 재정적으로 힘들었습니다. 몇 군데 투자했던 곳이 생각만큼 잘되질 않아서. 경기도 안 좋고. 건물 공사는 줄어드는데, 금리는 미친 듯이 오르고 있고, 바로 지난주에만 해도 우대 금리가 10퍼센트나……."

"전 경제학 강의를 받자는 게 아닙니다, 프레이저 씨. 제가 원하는 건 6만 달러입니다."

"난 대출 받을 수 있는 한도까지 다 받았어요." 그는 잠시 입을 다물었다. "이젠 못 받아요. 더 이상 담보가."

"전 조만간 그 돈이 필요합니다." 내가 끼어들었다. "쓸데없이 뉴욕에 오래 머물고 싶지 않아요."

"전 못……."

"머리를 좀 창의적으로 굴려 보세요. 연락드리겠습니다."

나는 전화를 끊고 차례를 기다리던 사람이 초조하게 문을 두드릴 때까지 전화박스 안에 1~2분 정도 앉아 있었다. 그리고 문을 열고 일어섰다. 전화를 쓰고 싶었던 사람은 뭔가 말을 하려는 것처럼 보였지만, 날 쓱 훑어보고 마음을 바꿨다.

난 이 일이 마음에 들지 않았다. 나는 프레이저를 힘들게 하고 있었다. 그가 스피너를 죽였다면, 당연한 업보였다. 하지만 그게 아니라면, 괜히 그를 고문하고 있었고, 그 생각을 하자 마음이 편치 않았다.

하지만 이 대화에서 나온 소득도 있었다. 프레이저는 돈이 궁했다. 그리고 스피너 역시 빨리 최종 결산을 해 달라고, 그러니까 누군가 그를 죽이기 전에 시내를 빠져나갈 수 있게 거금을 만들어 달라고 압박을 가하고 있었다면, 그게 헨리 프레이저가 감당할 수 있는 한계였을지도 모른다.

사무실에서 프레이저를 만났을 때 후보 선상에서 그를 배제하려고 했었다. 그에게 충분한 동기가 있었다는 걸 몰랐기 때문에 그랬지만, 어쨌든 이젠 그에게도 상당히 좋은 동기가 있는 것처럼 보였다.

그런데 방금 그에게 내가 또 다른 동기를 준 것이다.

조금 후에 휘샌들에게 전화했다. 그가 외출했다기에 내 번호를 남겼더니, 2시경에 전화가 왔다.

내가 말했다.

"전화하면 안 된다는 건 알고 있습니다. 하지만 좋은 소식이 있어서요."

"그래요?"

"내가 사례금을 요구할 수 있는 입장이 돼서 말이죠."

"그 물건을 찾아냈단 말입니까?"

"그렇습니다."

"작업 속도가 아주 빠르시네요."

"아, 그저 탐정으로서 해야 할 일을 성실하게 한 데다 운도 조금 따랐죠."

"알겠습니다. 그, 어, 그 사례금을 조달하는 데 시간이 좀 걸릴지도 모르겠습니다."

"내겐 시간이 별로 없습니다. 휘샌들 씨."

"스커더 씨도 이해를 해 주셔야 합니다. 우리가 상의했던 금액은 적은 금액이 아닙니다."

"당신에겐 적지 않은 자산이 있는 걸로 아는데요."

"맞습니다, 하지만 현금은 별로 없습니다. 정치가라고 다 벽에 있는 금고에 현금을 쟁여 둔 플로리다 친구를 둔 건 아닙니다."

휘샌들은 자기가 한 농담에 낄낄거리며 웃다가 내가 따라 웃지 않자 실망한 것 같았다.

"시간이 좀 필요해요."

"얼마나요?"

"기껏해야 한 달. 아마 그 정도도 안 걸릴 겁니다."

연습에 연습을 거듭했더니 연기가 아주 쉬워졌다. 내가 말했다.

"그 정도론 안 되겠는데요."

"정말입니까? 대체 얼마나 급한 일인데요?"

"아주 급해요. 어서 이곳을 뜨고 싶습니다. 기후가 나랑 잘 안 맞아요."

"사실, 지난 며칠 동안 상당히 따뜻했는데요."

"바로 그게 문제입니다. 너무 뜨거워요."

"그런가요?"

"우리의 친구에게 일어난 일을 계속 생각해 봤는데, 난 그런 일을 당하고 싶진 않거든요."

"그 사람은 누군가를 불행하게 만들었겠죠."

"아, 뭐, 나도 몇 사람을 그렇게 만들었습니다, 휘샌들 씨. 그래서 1주일 안에 이곳을 빨리 뜨고 싶습니다."

"그렇게 할 수 있는 방법을 모르겠는데요."

휘샌들은 잠시 말을 멈추었다.

"가셨다가 상황이 어느 정도 진정됐을 때 돌아와서 사례금을 가져 가셔도 됩니다."

"그렇게는 하고 싶지 않습니다."

"그건 좀 억지스런 말인데요, 그렇게 생각하지 않나요? 우리가 의논한 종류의 거래는 어느 정도 쌍방이 양보를 해야 하는 거잖습니까. 양쪽 다 협조를 해야 한다 이거죠."

"한 달은 정말 너무 길어요."

"2주 정도면 마련할 수 있을 것 같기도 합니다."

"그렇게 하셔야 할 겁니다."

"그 말은 놀랍게도 협박처럼 들리네요."

"실은, 사례금을 주겠다는 사람이 당신만 있는 건 아니니까요."

"충격적인 말도 아니군요."

"그러시겠죠. 그리고 당신에게 사례금을 받을 수 있기 전에 여길 떠야 한다면, 무슨 일이 생길지 모릅니다."

"어리석게 굴지 말아요, 스커더."

"그러고 싶지 않습니다. 우리 둘 다 어리석게 굴어선 안 된다고 생각합니다." 나는 숨을 들이마셨다. "이봐요, 휘샌들 씨. 이건 분명 우리가 해결 못 할 문제는 아닙니다."

"나도 당신 말이 맞길 바랍니다."

"2주면 어떻습니까?"

"어려워요."

"어떻게든 해 볼 순 있겠습니까?"

"시도는 할 수 있죠. 마련할 수 있길 나도 바랍니다."

"저도 그렇습니다. 제게 연락하는 방법은 알고 계시죠."

"그렇습니다. 알고 있습니다."

나는 수화기를 내려놓고 술을 한 잔 따랐다. 조금만 따라서 절반을 마시고 나머지는 감싸 쥐고 있었다. 전화벨이 울렸다. 남은 버번을 마시고 수화기를 들었다. 프레이저일 거라고 생각했는데 베벌리 에스리지였다.

베벌리가 말했다.

"매튜, 베벌리예요. 자는 걸 깨운 건 아니죠?"

"네."

"혼자 있어요?"

"그래요. 왜?"

"외로워서요."

난 아무 말도 하지 않았다. 그녀와 테이블을 사이에 두고 앉아, 그녀의 매력이 내겐 통하지 않는다는 뜻을 분명히 전달했던 게 기억났다. 베벌리는 내 연기에 속아 넘어간 듯했다. 하지만 난 바보가 아니었다. 그녀는 남자들의 마음을 사로잡는 데 명수였다.

"만났음 해서요, 매튜. 할 이야기도 있고."

"좋아요."

"오늘 저녁 7시쯤 시간 되나요? 그전까지는 내가 약속이 있는데."

"7시 괜찮아요."

"같은 곳에서?"

피에르에서 내가 어떤 기분이었는지 기억이 났다. 이번에는 내 구역에서 만날 것이다. 하지만 암스트롱은 아니다. 그녀를 거기에 데려가고 싶진 않았다.

"'폴리의 우리'란 술집이 있어요. 8번과 9번 애비뉴 사이 57번가 블록 가운데 시내 쪽."

"폴리의 우리. 완전 매력적으로 들리는 곳이군요."

"생각보다 괜찮은 곳이요."

"그럼 거기서 7시에 보죠. 8번과 9번 애비뉴 사이 57번가라. 거기 당신 호텔에서 아주 가까운 곳 아닌가요?"

"길 하나만 건너면 되는 곳이죠."

"아주 편리하겠어요."

"난 가깝죠."

"우리 둘에게 가까울 수도 있죠, 매튜."

밖으로 나가서 술을 몇 잔 마시고 요기도 했다. 그리고 6시쯤 호텔로 돌아왔다. 데스크에 물어보니 전화가 세 통 왔는데 메시지는 하나도 안 남겼다고 베니가 전해 줬다.

방에 들어와서 10분도 채 안 지났을 때 전화가 왔다. 수화기를 들자 모르는 목소리로 누군가가 말했다.

"스커더 씨?"

"누구시죠?"

"당신 조심 좀 하지그래. 앞뒤 생각 없이 날뛰면서 사람들 열

받게 하지 말고."

"난 당신 모르는데."

"내가 누군지는 알 거 없고. 당신이 알아야 할 건 이 큰 강에 자리도 많은데, 혼자서 다 차지하려고 하지 말란 말이야."

"대체 그 대사는 누가 써 준 거야?"

전화가 찰칵 끊겼다.

9장

폴리 바에 몇 분 일찍 갔다. 네 남자와 두 여자가 바에서 술을 마시고 있었다. 그 뒤에서 척이 어떤 여자가 한 말에 공손하게 웃고 있었다. 주크박스에서는 시나트라(미국의 가수, 영화배우 ─ 옮긴이)가 광대들을 보내 달라고 부탁하고 있었다.

작은 술집이었고, 문 안으로 들어오자마자 바로 오른쪽에 바가 있었다. 방을 빙 둘러 가며 난간이 쳐져 있었고, 왼쪽으로 계단을 몇 단 올라가면 테이블이 한 다스 정도 놓여 있는 공간이 있었다. 지금은 모두 비어 있었다. 나는 난간이 끝나는 곳까지 걸어가서 계단을 올라가, 가장 구석진 자리에 있는 테이블에 자리를 잡았다.

폴리가 가장 붐비는 때는 5시 즈음으로 목마른 사람들이 그때 퇴근하기 때문이었다. 정말로 목이 마른 사람들은 다른 사람들보다 더 오래 버티지만, 뜨내기손님은 별로 없어서, 문은 거의 항상 상당히 일찍 닫는 편이었다. 척은 술을 넉넉하게 따라 주고, 5시가 땡 치면 오는 술손님들은 대개 일찍 가게를 나간다. 금요일이면 주말을 즐기러 온 무리가 어느 정도 늦게까지 자리를 지키지만, 다른 날에는 대개 자정이면 문을 닫고, 토요일이나 일요일에는 아예 문을 열려고도 하지 않는다. 여긴 동네 술집이면서 동시에 동네 술집으로서의 역할을 제대로 하지 않는 곳이었다.

나는 더블 버번을 주문했고, 반을 마셨을 때 베벌리가 들어왔다. 베벌리는 처음에는 날 못 보고 문간에서 머뭇거렸고, 사람들이 그런 그녀를 돌아보면서 몇 명의 대화가 끊겼다. 그녀는 자신이 그런 주목을 받고 있는지 의식하지 못한 것처럼 보였는데, 아니면 그런 시선에 너무 익숙해서 의식을 못 하는 걸 수도 있었다. 베벌리가 날 발견하더니 와서 맞은편에 앉았다. 그녀에게 동행이 있다는 걸 확인하자 중단됐던 대화들이 다시 시작됐다.

베벌리는 코트를 벗어서 의자 등에 걸쳤다. 그녀는 진한 핑크색 스웨터를 입고 있었다. 그녀에게 아주 잘 어울리는 색인 데다 몸에 딱 붙었다. 베벌리는 핸드백에서 담배 한 갑과 라이터를 꺼냈다. 이번에는 불을 붙여 주길 기다리지 않았다. 그녀는 연기를 많이 들이마셨다가 가늘고 길게 뿜어 내면서 연기가 천정을 따라 올라가는 모습을 아주 흥미롭게 지켜봤다.

웨이트리스가 다가오자 그녀는 진토닉을 주문했다.

"내가 계절을 앞서가나 봐. 여름 음료를 마시기엔 사실 밖이 너무 추운데. 하지만 내가 또 한 정열 하는 여자라서 열을 좀 발산해 줘야 하거든. 그렇게 생각하지 않아요?"

"좋으실 대로, 에스리지 여사."

"왜 자꾸 내 이름을 까먹는 건데? 공갈범이 먹잇감에게 그렇게 격식을 차려선 안 되는 거 아닌가. 난 당신을 아주 쉽게 매튜라고 부르는데, 당신은 왜 날 베벌리라고 못 불러요?"

나는 어깨를 으쓱했다. 나도 정말 왜 그런지 모르겠다. 그녀에 대한 내 반응 중에 어떤 게 진짜이고, 어떤 게 연기인지 확신할 수 없었다. 내가 그녀를 베벌리라고 부르지 않는 이유는 그녀의 요청에 반해서 일부러 그런 거지만, 그건 또 다른 질문으로 이어지는 답일 뿐이었다.

베벌리가 주문한 술이 나왔다. 그녀는 담배를 끄고, 진토닉을 홀짝거렸다. 그리고 심호흡을 하자 핑크 스웨터 속의 가슴이 오르락내리락했다.

"매튜?"

"뭡니까?"

"내가 돈을 마련할 방법을 알아내려고 애를 써 봤는데요."

"잘했어요."

"시간이 좀 걸릴 거예요."

나는 세 사람에게 모두 같은 패를 냈는데, 모두 같은 답을 가지고 돌아왔다. 모두 부자였고, 그 정도 돈도 만들 수 없는 사람은 하나도 없었다. 어쩌면 이 나라 전체가 위기에 처한 건지도 모르고, 사람들이 말하는 것처럼 경기가 진짜 그렇게 나쁜 건지도 모르겠다.

"매튜?"

"난 당장 돈이 필요한데."

"이 쌍놈의 자식, 나라고 뭐 이 짓을 빨리 끝내고 싶지 않은 줄 알아? 내 유일한 돈줄은 커밋뿐인데, 그이에게 5만 달러가 필요하다면서 왜 필요한지는 말 안 할 수는 없잖아."

그녀는 눈길을 내리깔았다.

"어쨌든 남편은 돈이 없어."

"그 사람은 하느님보다 돈이 많은 줄 알았는데."

그녀는 고개를 흔들었다.

"아직 아니야. 수입은 상당하지만, 서른다섯 살이 되기 전까지는 원금에 손댈 수 없어."

"그게 언제인데?"

"10월. 그때가 그이 생일이거든. 에스리지 가의 재산은 모두 신탁에 묶여 있는데 그게 막내가 서른다섯 살이 됐을 때 풀리니까."

"남편이 막내?"

"맞아. 10월에 돈이 들어와. 이제 6개월 남았잖아. 난 결정했어. 남편에게 나도 내 돈이 좀 있어야겠다고 말까지 했다고. 그래서 지금처럼 남편에게 하나부터 열까지 의지하지 않아도 되게 해 달라고. 그건 남편이 이해할 수 있는 요구고, 그이도 어느 정도 동의했어. 그러니까 10월에 그이가 나에게 돈을 줄 거야. 얼마가 될지 모르겠지만, 분명 5만 달러 이상은 될 것이고, 그러면 당신과 해결을 볼 수 있겠지."

"10월이라."

"그래요."

"하지만 그때도 당신에겐 돈이 없을 거야. 거기 관련된 서류 절차도 장난이 아닐 텐데. 10월이라면 지금으로부터 6개월 후고, 당신 손에 현금이 들어오기 전에 금방 또 6개월이 지나 버릴걸."

"정말 그렇게 오래 걸릴까?"

"아마 틀림없을걸. 그러니까 지금 당신이 하는 이야기는 6개월이 아니라 1년이 걸린다는 건데, 그건 너무 길지. 사실 6개월도 너무 긴데. 젠장, 한 달도 너무 길어, 에스리지 여사. 난 이곳을 뜨고 싶다니까."

"왜?"

"기후가 맘에 안 들어."

"하지만 지금은 봄이잖아. 봄은 뉴욕 최고의 계절이라고, 매튜."

"그래도 난 싫어."

베벌리는 눈을 감았고, 나는 온화한 표정을 띤 그녀의 얼굴을 살펴봤다.

실내 조명이 그녀와 완벽하게 어울렸다. 전기 초 두 자루가 얼룩덜룩한 붉은색 벽지를 배경으로 은은하게 빛나고 있었다. 바에서 한 남자가 일어서서 앞에 놓인 동전 일부를 집어 들고, 문으로 향했다. 나가는 길에 그가 뭐라고 하자, 여자들 중 하나가 큰 소리로 웃었다. 또 다른 남자가 바로 들어왔다. 누군가 주크박스에 돈을 넣자, 레슬리 고어(미국의 여자 가수 ─ 옮긴이)가 이건 그녀의 파티고 자기 맘대로 울고 싶으면 울 거라고 말했다.

"나에게 시간을 줘야 해."

"줄 시간 없다니까."

"그건 그렇고, 왜 뉴욕을 떠야 하는데? 뭐, 겁나는 거라도 있어?"

"스피너가 겁을 낸 것과 같은 거지."

그녀는 생각에 잠겨 고개를 끄덕였다.

"그 사람은 끝으로 갈수록 아주 불안해했어. 그래서 잠자리가 아주 흥미진진해졌고."

"분명 그랬을 테지."

"그 사람이 던진 낚싯줄에 걸려든 게 나만이 아니니까. 그 점은 꽤 분명하게 밝혔거든. 당신이 그 줄을 다 휘두르고 있는 거야? 아님 나만 그런 건가?"

"좋은 질문인데, 에스리지 여사."

"그렇지, 나도 맘에 드는 질문이야. 그 사람은 누가 죽였지, 매튜? 그의 고객 중 하나?"

"그럼 스피너가 죽었단 뜻인가?"

"나도 신문은 읽는답니다."

"그러시겠지. 가끔 가다 당신 사진도 실리니까."

"그렇지, 나로선 그날이 그렇게 운수대통한 날은 아니지만. 당신이 죽였어, 매튜?"

"내가 왜 그런 짓을 하지?"

"그러면 그 사람이 가진 걸 털 수 있잖아. 난 당신이 그 인간을 협박했다고 생각했어. 그러다 그 인간이 강에서 시체로 나왔다는 기사를 읽었지. 당신이 그 인간을 죽인 거야?"

"아니. 당신이 그랬나?"

"물론이지, 내 귀여운 활과 화살로 보내 버렸지. 내 말 좀 들어 봐, 1년만 기다려 주면 두 배로 줄게. 10만 달러라고. 이자가 끝내주잖아."

"차라리 현금을 받아서 내가 직접 투자하겠어."

"돈이 나올 데가 없다고 내가 말했잖아."

"당신 친정은 어때?"

"친정이 뭐? 우리 집은 개털이야."

"당신 아버지는 돈이 많은 줄 알았는데."

그녀는 순간 움찔하다가 새 담배에 불을 붙이면서 그 표정을 감췄다. 우리가 마시던 잔은 둘 다 비어 있었다. 내가 손짓하자 웨이트리스가 새로 갖다 줬다. 난 웨이트리스에게 커피 내린 게 있는지 물었다. 웨이트리스는 지금은 없지만 내가 마시겠다면 내리겠다고 말했다. 하지만 그러지 않았음 싶은 목소리였다. 나는 신경 쓰지 말라고 대꾸했다.

베벌리 에스리지가 말했다.

"부자 아빠는 없고, 부자 증조부가 계셨지."

"아하?"

"우리 아빠는 할아버지를 본받아 그대로 하셨어. 거금을 푼돈으로 둔갑시키는 아주 힘든 일을 하셨단 말이지. 난 우리 집에선 항상 돈이 마르지 않을 거라고 생각하면서 자랐어. 그것 때문에 캘리포니아에서 일어났던 일이 아주 쉽게 처리됐던 거야. 나한테는 부자 아빠가 있으니까 사실 걱정할 게 하나도 없었거든. 아빠는 언제든 날 빼낼 수 있었어. 심지어 심각한 사고를 쳐도 그게 심각하질 않았어."

"그러다 무슨 일이 일어났는데?"

"아빠가 자살하셨지."

"어떻게?"

"밀폐된 차고에서 모터가 돌아가는 차 안에 앉아 계셨지. 그게 무슨 차이가 있어?"

"차이는 없겠지. 난 항상 사람들이 자살하는 방법이 궁금하거든. 그게 다야. 의사들은 대개 권총을 쓰지, 그거 알고 있었나? 세상에서 가장 간단하고 깨끗한 방법인 모르핀 과다 복용 같은 방법을 쓸 수 있는데도 보통 자기 뇌를 날려 버려서 사방을 난장판을 만드는 거야. 아버진 왜 자살하신 거지?"

"돈이 사라졌으니까." 그녀는 잔을 들어서 입으로 가져가던 중간에 잠시 멈췄다. "그래서 내가 동부로 돌아온 거야. 갑자기 아빠가 돌아가시고, 돈이 사라진 자리에 빚만 남은 거야. 그나마 보험금이 넉넉하게 나와서 엄마가 괜찮게 사실 순 있었지. 엄마는 저택을 팔고, 아파트로 이사하셨고. 그 돈과 사회보장연금으로 그럭저럭 살고 계시지." 그녀는 이제 길게 한 모금 들이켰다. "우리 집에 대해선 말하고 싶지 않아."

"알았어."

"당신이 그 사진들을 커밋에게 가져간다고 해도, 한 푼도 못 받아내. 그저 당신 계획만 어그러지는 거야. 우리 남편은 그 사진들을 안 사. 내 체면은 손톱만큼도 신경 쓰지 않을 인간이거든. 그저 자기 체면만 생각할 거고, 그렇게 되면 결국 날 쫓아내고 자기처럼 피도 눈물도 없는 새 마누라를 들이겠지."

"그럴지도 모르지."

"남편은 이번 주에 골프를 칠 거야. 프로-아마추어 합동 토너먼트로, 정규 토너먼트가 시작되기 전날 열리는 거야. 그이는 프로 골프 선수와 편을 먹을 건데, 입상하면 상금으로 나온 몇 푼은 프로 선수가 챙길 거야. 영광은 커밋에게 돌아가고. 그 인간이 열정을 바치는 대상은 골프지."

"그 대상은 당신인 줄 알았는데."

"난 그저 번지르르한 장식품일 뿐이야. 그리고 난 요조숙녀처럼 행동할 수 있거든. 그래야 할 땐."

"그래야 할 땐 말이지."

"맞아. 그이는 지금 그 토너먼트 준비하러 가서 시내에 없어. 그러니까 난 마음대로 늦게까지 있을 수 있단 말이지. 하고 싶은 건 다 할 수 있고."

"참 편리하시겠군."

그녀는 한숨을 쉬었다.

"아무래도 이번에는 내 잠자리 기술을 써먹을 수 없겠지?"

"유감스럽게도 그래."

"애석한 일이야. 난 그걸 써먹는 데 도가 튼 데다, 그 방면으론 기가 막히거든. 아주 죽여 준다니까. 1년 뒤에 10만 달러란 어마어마한 거금이야."

"그건 숲 속에 있는 새나 마찬가지야."

"당신에게 써먹을 무기가 있다면 얼마나 좋을까. 섹스도 안 먹히고, 돈도 없고. 내 보통예금 계좌에 돈이 좀 있긴 한데."

"얼마나?"

"8000정도. 오랫동안 이자는 안 붙었어. 1년에 한 번은 통장을 은행에 가지고 가야 하는데. 어쩌다 보니 한 번도 안 갔지 뭐야. 계약금으로 그걸 줄 수 있어."

"오케이."

"그럼 지금으로부터 1주일 후에?"

"내일은 왜 안 되는데?"

"안 돼."

그녀는 단호하게 고개를 흔들었다.

"그건 안 되지, 내 8000달러로 살 수 있는 건 시간뿐이잖아, 안 그래? 그러니까 그 돈으로 당장 한 주를 사겠어. 오늘로부터 1주일 후에 그 돈을 받게 될 거야."

"당신에게 그 돈이 있는지조차 난 모르잖아."

"당연히 당신은 모르지."

난 그 점을 생각해 보고 마침내 말했다.

"좋아. 오늘로부터 1주일 후에 8000달러. 하지만 나머지를 받겠다고 1년을 기다리는 일은 없을 거야."

"그동안 내가 몸을 팔 수도 있지. 한 번에 100달러씩 420명과 자는 거지."

"아니면 10달러씩 4200명과 잘 수도 있고."

"개자식."

"8000달러. 오늘로부터 1주일 후."

"받게 될 거야."

난 택시를 잡아 주겠다고 제안했다. 베벌리는 택시는 자기가 잡을 테니 이번에 마신 술값은 나보고 계산하라고 했다. 그녀가 떠난 후에 몇 분 더 앉아 있다가, 돈을 내고 나왔다. 그리고 길을 건너 호텔로 가서 베니에게 메시지 온 것 없냐고 물었다. 메시지가 오지는 않았지만, 어떤 남자가 전화를 걸었는데 이름은 남기지 않았다고 했다. 그놈이 날 강에 처넣겠다고 협박한 남자인지 궁금했다.

나는 암스트롱으로 가서 평소에 앉던 자리에 앉았다. 월요일치고 손님이 많았다. 대부분 낯이 익었다. 나는 버번과 커피를 마셨는데, 세 잔째 주문했을 때 모르는 사람인데 어딘가 낯익은 얼굴이 얼핏 보였다. 트리나가 또다시 테이블 주위를 돌아다닐 때 내가 손가락을 구부려 보였다. 트리나가 눈썹을 치켜뜬 채 나에게 왔는데, 그 표정이 고양이 같은 이목구비를 더 도드라지게 만들었다.

"돌아보지 마. 바 앞쪽에 있는 고디랑 저기 청재킷을 입은 남자 사이에 있는 남자."

"그 남자가 뭐요?"

"아마 아무것도 아닐 거야. 지금 당장 말고, 몇 분 있다가 그 사람 옆을 지나가면서 한번 얼굴을 봐 봐."

"그다음에는 뭐죠, 기장님?"

"그다음에는 비행 관제 센터에 보고해야지."

"알겠습니다. 기장님."

나는 계속 문 쪽으로 시선을 두면서, 눈 가장자리로 보이는 그의 모습에 관심을 집중하고 있었는데, 단순히 내가 상상한 게 아니었다. 그 남자가 정말 내가 있는 쪽을 계속 흘끔거렸다. 앉아 있었기 때문에 키가 어느 정도인지 판단하기 힘들었지만, 거의 농구선수 정도로 키가 커 보였다. 얼굴은 주로 야외에서 시간을 보내는 사람처럼 탔고, 유행을 쫓아 길게 기른 머리는 불그스름한 노란색이었다. 방 저쪽에 앉아 있어서 이목구비는 잘 보이지 않았지만, 서늘하면서도 유능해 보이고 터프하다는 인상을 받았다.

트리나는 내가 미처 주문도 못 한 음료를 가지고 돌아왔다.

"이건 위장용." 트리나가 내 앞에 그 잔을 내려놓으면서 말했다. "한번 쓱 훑어보긴 했는데. 저 사람이 무슨 짓을 했죠?"

"내가 아는 바로는 없어. 저 사람 전에도 본 적 있어?"

"아뇨, 사실 처음 본 게 확실해요. 봤다면 기억이 났을 테니까."

"왜?"

"저 사람은 쉽게 눈에 띄는 편이니까요. 저 남자가 누구랑 닮았는지 알아요? 말보로맨이에요."

"담배 광고에 나오는 그 말보로맨? 광고 모델은 여러 명 있지 않아?"

"그렇죠. 저 사람 그 모델들과 다 닮았어요. 왜 있잖아요, 긴 생가죽 부츠에 챙이 넓은 모자를 쓰고 몸에선 말 냄새가 나면서 손에 문신이 있는 남자 말이야. 저 사람은 부츠도 안 신고, 모자도 안 썼고, 문신도 없지만, 이미지는 똑같아. 저 사람에게서 말 냄새가 나냐고 묻진 말아요. 그 정도로 가까이 가 보진 않았으니까."

"물어보려고 하지도 않았어."

"대체 무슨 사연이에요?"

"글쎄, 그런 게 있는지는 확실치 않아. 좀 전에 폴리 바에서 저 남자를 본 것 같아서 말이야."

"아마 이 집 저 집 돌아다니면서 마시고 있나 보죠."

"그렇군. 나랑 같은 루트로 돌아다니고 있단 말이지."

"그래서요?"

나는 어깨를 으쓱했다.

"아마 별거 아니겠지. 어쨌든 정보 수집 고마워."

"배지 주나요?"

"거기다 암호 해독하는 반지까지 얹어서 주지."

"아이 좋아라."

트리나가 말했다.

나는 그가 나갈 때까지 기다렸다. 그 남자는 확실히 나를 주시하고 있었다. 나도 자기에게 관심을 기울이고 있었던 걸 아는지 모르는지는 분간할 수 없었다. 난 그 남자를 똑바로 보고 싶지 않았다.

그는 폴리에서부터 날 따라왔을 수 있었다. 거기서 그 남자를 봤는지는 확신할 수 없지만, 다만 어딘가에서 봤단 느낌이 들었다. 만약 폴리에서부터 날 미행했다면, 그와 베벌리 에스리지를 연결시키는 건 어렵지 않았다. 베벌리가 애초에 날 미행시킬 목적으로 오늘 만나자고 날짜를 잡았을 수도 있었다. 하지만 그 남자가 폴리에 있었다고 해도, 그 사실만으로는 아무것도 입증이 되지 않는다. 그는 그보다 먼저 날 찍고, 거기서부터 날 따라왔을 수도 있으니까. 난 그동안 굳이 숨으려는 노력조차 하지 않았다. 모두 내가 어디 사는지 알고 있었고, 나는 오늘 하루 내내 이 근처에서 시간을 보냈다.

내가 그의 존재를 알아차린 건 아마 9시 30분쯤, 어쩌면 10시 가까이 되어서였을 것이다. 거의 11시가 됐을 때, 그는 자리에서 일어섰다. 내가 술집을 나가기 전에 그가 떠날 거라고 판단했고, 필요하다면 빌리가 가게 문을 닫을 때까지 앉아 있으려고 했다. 그건 그리 오래 걸리지 않았다. 내 짐작이 맞았다. 말보로맨은 암스트롱처럼 마음에 드는 술집이더라도 9번 애비뉴에 있는 술집에서 기회를 엿보면서 기다리는 걸 즐길 타입이 아닌 것처럼 보였다. 그러기엔 너무 활동적인 데다, 서부 사람답게 밖에 있는 걸 좋아해서, 11시가 되면 말을 타고 저녁노을 속으로 떠날 타입이었다.

그가 나가고 몇 분 후에, 트리나가 와서 맞은편에 앉았다. 그녀는 아직 근무 중이어서, 술을 사 줄 수가 없었다.

"보고할 게 더 있어요. 빌리는 전에 그 남자를 한 번도 본 적이 없대요. 그리고 다시는 보고 싶지 않대요. 그런 눈의 남자에겐 술을 팔고 싶지 않다나요."

"어떤 눈?"

"자세한 이야긴 안 했어요. 당신이 직접 물어볼 수 있잖아요. 그거 말고 뭐가 또 있더라? 아, 맞아. 그 사람이 맥주를 주문했어요. 두 시간 동안 두 잔. 뭘 마셨는지 궁금하다면 말해 줄게요. 뷔르츠부르크 다크예요."

"뭐 그렇게까지 궁금하진 않은데."

"빌리가 또 뭐라고 했냐면."

"빌어먹을."

"빌리는 '빌어먹을'이란 말 거의 안 해요. 더 심한 말은 많이 하지만, 그 말은 거의 안 하고, 좀 전에도 하지 않았어요. 뭐 잘못됐어요?"

하지만 난 테이블에서 일어서서 바로 갔다. 빌리가 수건으로 잔을 닦으면서 느긋하게 다가왔다.

"덩치 큰 사람치곤 동작이 빠르군, 친구."

"머리 돌아가는 건 느리지. 자네가 받은 아까 그 손님."

"말보로맨. 트리나가 그렇게 부르던데."·

"바로 그 남자. 아직 그 남자 술잔을 닦진 않았겠지?"

"사실 닦았는데. 내 기억으로 바로 이게 그 잔인걸." 그는 나 보라고 잔을 높이 치켜들었다. "보이지? 티끌 하나 없어."

"빌어먹을."

"그건 내가 잔을 안 씻어 놨을 때 지미가 하는 말인데. 무슨 일이야?"

"흠, 그 자식이 장갑을 끼고 있지 않는 한, 내가 아주 멍청한 짓을 해 버렸거든."

"장갑이라. 아. 지문 말이지?"

"그렇지."

"난 그게 텔레비전 드라마에서나 가능한 건지 알았는데."

"거저 들어올 땐 안 그래. 맥주잔에 묻은 것처럼 말이야. 망할. 그 사람이 또 오거든, 귀찮겠지만 저기."

"그 잔을 곱게 타월로 집어서 안전한 곳에 놔두란 말이지."

"바로 그거야."

"미리 말해 줬으면……."

"알아. 아깐 왜 그 생각을 못 했는지 원."

"난 다시는 그런 인간은 보고 싶지 않다는 생각만 하고 있었어. 어디서고 그런 낯짝은 별로지만 특히 술집에선 더 보고 싶지 않아. 여기서 두 시간 동안 맥주 두 잔으로 버텼는데, 그건 좋다 이거야. 싫은 인간에게 억지로 술을 팔 생각도 없었다고. 그 작자가 술을 적게 마실수록 더 일찍 나갈 것이고, 그래야 내 기분도 훨씬 더 좋아지니까."

"그 남자가 뭐라고 말은 했어?"

"그냥 맥주만 주문했어."

"어디 억양인지는 알아봤어?"

"그때는 아무 생각이 없었는데. 어디 보자." 그는 아주 잠깐 눈을 감았다. "아니. 별 특징 없이 평범한 미국식 억양이었어. 내가 목소리는 대개 잘 알아차리는데, 특이한 점은 떠올릴 수 없는데. 뉴욕 출신은 아닌 것 같지만, 그렇다고 뭐가 달라지나?"

"별로 없지. 트리나 말로는 자네가 그자의 눈을 맘에 들어 하지 않았다면서."

"완전 맘에 안 들었지."

"어째서?"

"느낌이 영 안 좋았어. 뭐라고 꼬집어 말하긴 힘들어. 눈 색깔이 뭐였는지조차 정확히 모르니까. 검은색보다는 훨씬 더 옅은 색인 것 같긴 했는데. 하지만 그 눈빛엔 뭔가 있었어. 보면 헉 소리가 나는 그런."

"무슨 말을 하는 건지 잘 모르겠어."

"눈빛에 깊이가 없었어. 마치 유리 눈알 같았다고 할까. TV에서 워터게이트 사건 방송 본 적 있어?"

"많이는 아니지만 좀 봤지."

"그 개자식들 중 하나, 이름이 독일식 이름인 인간 있잖아."

"다들 그런 이름 아니었어?"

"그건 아닌데, 아무튼 거기에 그런 놈들이 둘 있었잖아. 홀더맨은 아니고 또 하나 있는데."

"에를리히만."

"바로 그놈. 그놈 얼굴 본 적 있어? 그 자식 눈을 제대로 봤냐고. 그 눈은 아무 깊이가 없다니까."

"에를리히만 같은 눈의 말보로맨이라."

"이 일이 워터게이트 같은 사건과 관련이 있는 건 아니겠지, 매튜?"

"분위기만 비슷해."

나는 내 자리로 돌아와서 커피를 한 잔 마셨다. 거기다 버번을 넣어서 맛을 내고 싶었지만, 현명하지 못한 짓이라고 판단했다. 말보로맨은 오늘 날 해치울 생각을 하지 않았다. 범죄 현장에 그가 있었다고 증언해 줄 사람이 너무 많았다. 이건 그저 정찰에 지나지 않았다. 그자가 뭔가 시도하려고 한다면, 다른 때를 노릴 것이다.

내가 본 지금 상황이 그랬지만, 버번을 진탕 마시고 집에 걸어가는 배짱을 부릴 정도로 내 추리에 확신이 서진 않았다. 내 짐작이 필경 맞겠지만, 그래도 틀렸을 경우에 발생할 위험을 감수하고 싶진 않았다.

난 내가 봤던 남자의 얼굴에 에를리히만의 눈과, 그 남자에 대한 빌리의 전반적인 인상을 붙이고 나서 그 그림과 내 세 명의 천사들을 맞춰 보려고 했다. 하지만 어느 하나 어울리지 않았다. 그자는 프레이저의 공사장에서 일했던 건설 노동자일 수도 있고, 베벌리 에스리지가 데리고 다니는 건장하고 젊은 짐승남일 수도 있고, 휘샌들이 가끔 고용하는 프로 킬러일 수도 있었다. 지문을 떴다면 신원을 파악할 수 있었겠지만, 정신을 놓고 있다가 황금

같은 기회를 놓쳐 버렸다. 그자의 정체를 알아낼 수 있다면 내가 먼저 뒤를 칠 수도 있겠지만, 지금은 그자가 주먹을 휘두르게 놔두면서 정면으로 승부하는 수밖에 없었다.

계산을 하고 술집을 나왔을 때가 12시 30분쯤 됐던 것 같다. 문을 살짝 조심스럽게 열면서, 조금 바보 같은 기분을 느끼며 9번 애비뉴 양쪽을 다 훑어봤다. 말보로맨은 보이지 않았고, 위험해 보이는 것도 없었다.

57번가 모퉁이를 향해 걸어가기 시작했을 때, 이 모든 일이 시작된 후 처음으로 표적이 됐다는 느낌을 받았다. 일이 이렇게 돌아가도록 의도적으로 계획했고, 그때는 그게 좋은 생각처럼 보였지만, 말보로맨이 등장한 후로 상황이 아주 많이 달라졌다. 이제 위험은 현실이 됐고, 그래서 모든 게 달라졌다.

내 앞의 문간에서 뭔가 움직여서 펄쩍 뛰었다가 비로소 노파를 알아봤다. 그 노파는 항상 있는 자리인 '의상철학'이라는 부티크 문간에 있었다. 날씨가 좋으면 항상 거기에서 돈을 구걸했다. 대개 나는 푼돈을 적선했다.

노파가 말했다.

"선생님, 혹시 남는 잔돈이 있으면." 나는 주머니에서 동전 몇 개를 찾아서 노파에게 줬다. "하느님이 축복을 내리실 겁니다."

난 그랬으면 좋겠다고 말했다. 그리고 모퉁이를 향해 걸어갔는데, 그날 밤 비가 안 와서 참 다행히도 차 소리 전에 노파가 지르는 비명이 먼저 들렸다. 노파가 새된 소리를 지르기에 휙 돌아본 내 앞으로 마침 상향등을 켠 차 한 대가 연석을 넘어 날 덮치려 하고 있었다.

10장

뭘 생각하고 자시고 할 시간이 없었다. 그래도 반사 신경은 좋았던 것 같다. 적어도 그 정도면 충분했다. 노파가 비명을 질렀을 때 확 돌아섰다가 균형을 잃고 비틀거리긴 했지만, 다시 균형을 잡아 멈추지 않고 그대로 오른쪽으로 몸을 날렸다. 그랬다가 땅바닥에 어깨를 정통으로 찧고 떨어져 데굴데굴 굴러서 건물에 몸을 붙였다.

아슬아슬했다. 운전사가 조금만 더 배짱이 두둑했다면, 한 치의 공간도 남겨 두지 않았을 것이다. 차를 조금만 틀어서 건물 옆으로 밀어붙이면 끝났으리라. 그러면 차도 망가지고, 건물도 망가졌겠지만, 차와 건물 사이에 낀 사람이 가장 심하게 망가졌을 터였다. 운전사가 그렇게 할 거라고 생각했는데. 그자가 마지막 순간에 핸들을 확 잡아당겨 순간적으로 의도치 않게 차의 뒷바퀴를

옆으로 미끄러지게 해서 날 파리처럼 철썩 쳐 버리는 게 아닌가 하고 생각했다.

사실 그런 일이 정말 일어날 뻔했다. 차가 내 옆을 스치면서 돌진하는 사이에 공기가 휙 소리를 내며 밀려가는 게 느껴졌다. 그리고 난 몸을 굴려서 조금 떨어진 곳에서 그자가 보도를 지나 다시 도로로 내려가는 걸 지켜봤다. 그렇게 간 차가 주차 요금 징수기 하나를 부러뜨리고, 아스팔트 도로로 내려갔을 때 휙 튀어 올랐다가 다시 쿵 떨어지면서 전속력으로 달려서 모퉁이에 도착했을 때 막 신호등이 빨간 불로 바뀌었다. 운전사는 신호를 무시하고 그대로 달렸지만, 뉴욕 시내를 달리는 차들 절반은 그렇게 한다. 신호 위반으로 딱지를 끊는 경찰을 본 게 언제인지 기억도 안 난다. 경찰은 도저히 그것까지 할 시간이 없다.

"저런 미친놈들!" 노파가 어느새 내 옆에 서서 혀를 쯧쯧 차고 있었다. "미친놈들이 위스키 퍼마시고, 마리화나나 피우고, 남의 차 훔쳐서 저렇게 폭주를 한다니깐. 선생님 죽을 뻔했어요."

"그러게요."

"그래 놓고 사람이 괜찮은지 세워 보지도 않고 내빼 버렸네."

"남을 배려하는 사람은 아니네요."

"요즘 사람들은 도통 남을 배려하질 않아요."

나는 일어서서 옷을 툭툭 털었다. 난 온몸을 부들부들 떨고 있었고, 큰 충격을 받은 상태였다. 노파가 말했다.

"선생님, 혹시 남는 잔돈이 있으면……." 그리고 그녀는 눈을 살짝 게슴츠레 뜨더니 얼굴을 찌푸리며 당황했다. "이런. 방금 내게 돈을 준 양반이죠? 정말 미안해요. 내가 기억력이 영 신통치 못해서."

나는 지갑으로 손을 뻗었다.

"이건 10달러 지폐입니다." 나는 그 지폐를 그녀의 손바닥에 꾹 밀어 넣어 줬다. "잊지 말고 꼭 기억하세요, 알았죠? 이 돈을 쓸 때 잔돈 정확하게 받으시라고요. 아셨어요?"

"아이고, 세상에."

"이제 집에 가서 주무세요. 아셨죠?"

"세상에. 10달러나. 10달러라니. 아, 하느님이 축복을 내리실 겁니다, 선생님."

"방금 내리셨어요."

호텔로 돌아왔을 때 데스크에는 아이자이어가 있었다. 아이자이어는 환한 피부에 새파란 눈동자와 꼬불꼬불한 적갈색 머리의 서인도 제도 사람이었다. 그의 뺨과 손등에는 크고 검은 주근깨들이 있었다. 아이자이어는 자정에서 아침 8시까지 하는 야간 근무를 좋아했다. 그때는 한산해서 데스크에 앉아 단어 퍼즐을 맞추면서 코데인(진통제의 일종 ─ 옮긴이)이 들어 있는 기침 시럽을 홀짝홀짝 마실 수 있으니까.

아이자이어는 나일론 촉이 달린 펜으로 퍼즐을 풀고 있었다. 한번은 내가 그렇게 쓰면 더 어렵지 않으냐고 물어봤더니, 그는 이렇게 대답했다.

"이렇게 쓰지 않으면 뿌듯하지가 않더라고요, 스커더 씨."

아이자이어는 내게 걸려 온 전화가 없다고 전했다. 나는 2층으로 가서 복도를 지나 내 방으로 갔다. 문 밑으로 불빛이 새어 나오고 있진 않은지 확인했지만, 불빛은 없었다. 그렇지만 그거로는 아무것도 입증되지 않는다고 난 판단했다. 그다음엔 자물쇠 주변에 긁힌 자국이 있는지 찾아봤지만 없었는데, 그것 역시 아무 의미가 없다고 판단했다. 이런 싸구려 호텔 자물쇠는 치실로도 간단히 딸 수 있으니까. 그다음에 방문을 열었는데 방에 가구 말고는 아무것도 없었다. 그건 당연한 일이었다. 나는 불을 켜고, 방문을 닫고 잠근 후에 두 손을 저만큼 뻗어서 손가락들이 떨리는 걸 지켜봤다.

독한 술을 한 잔 따라서 마셨다. 잠시 손의 떨림이 배 속까지 전달돼서 위스키가 넘어올 것 같았지만, 이내 가라앉았다. 나는 종이 한 장에 글자 몇 개와 숫자들을 적어서 지갑에 넣었다. 그리고 옷을 다 벗고 샤워기 밑에 서서 온몸을 적신 땀을 씻어 내렸다. 기진해서, 그리고 동물적인 공포에서 솟아난 식은땀이었다.

수건으로 몸을 닦고 있을 때 전화벨이 울렸다. 받고 싶지 않았다. 무슨 소리를 듣게 될지 잘 알고 있었다.

"그건 단지 경고였어, 스커더."

"개소리. 넌 날 해치우려고 했지만 실력이 모자랐던 것뿐이야."

"우리는 마음먹은 건 놓치지 않아."

나는 꺼지라고 말하고 전화를 끊었다. 그리고 몇 초 후에 다시 수화기를 들고 아이자이어에게 아침 9시까지 전화는 일체 연결시키지 말고, 9시에 모닝콜을 달라고 했다.

그리고 잠이 오긴 할지 보려고 잠자리에 들었다.

예상보다 훨씬 잘 잤다. 밤새 두 번밖에 깨지 않았고, 두 번 다 같은 꿈을 꿨는데, 프로이트파 정신분석학자가 들으면 졸려서 눈물이 날 정도로 지루한 꿈이었다. 상상력이라곤 손톱만큼도 찾아볼 수 없는 꿈으로, 그 어떤 상징도 존재하지 않았다. 내가 암스트롱을 나오는 순간부터 차가 날 칠 뻔한 순간까지를 그대로 재연한 꿈이었는데, 다만 꿈에서는 운전사가 끝까지 밀고 갈 만한 기술과 배짱이 있었다. 그자가 날 바위와 단단한 건물 사이로 밀어붙이려고 하는 바로 그 순간 잠에서 깼는데, 두 주먹을 꽉 쥐고 있었고 심장은 정신없이 뛰고 있었다.

이런 꿈을 꾸는 건 보호 기제일 거란 짐작이 들었다. 인간의 무의식이 의식은 도저히 상대할 수 없는 것들을 받아들여서 그 날카로운 면들이 다소 무뎌질 때까지 꿈에서 가지고 노는 것이리라. 이런 꿈들이 얼마나 이로울지 모르겠지만, 모닝콜이 걸려 오기 30분 전에 세 번째이자 마지막으로 잠에서 깼을 때는 기분이 훨씬 나아졌다. 지금 이 상황에 대해 좋게 생각할 일들이 많은 것처럼 보였다. 누군가 날 노렸고, 처음부터 그런 일이 일어나게 하는 게 내 의도였다. 그리고 누군가가 그 기회를 놓쳤는데, 그것 역시 내가 바라던 바였다.

나는 그 전화에 대해 생각했다. 그 전화는 말보로맨이 건 게 아니었다. 그 점은 꽤 확실했다. 내가 들은 목소리는 훨씬 더 나이가 지긋해서 대략 내 연배 정도인 것 같았고, 말투에 뉴욕 거리의 분위기가 풍겼다.

그러니까 이 일에는 적어도 두 사람이 연루된 듯했다. 여기서 알아낸 건 별로 없지만, 그래도 알아야 할 사실이 하나 더 생긴 것이고, 파일에 철해 놓고 잊어버릴 사실이 하나 더 늘어난 것이다. 차에 운전사 말고 또 사람이 있었던 것일까? 나는 차가 날 덮치려고 하는 사이에 잠깐 봤던 장면을 기억해 내려고 애를 썼다. 헤드라이트 불빛이 정면으로 비쳐서 많이 보진 못했다. 그리고 몸을 돌려서 멀어지는 차를 봤을 때는, 이미 거리가 멀리 떨어져 있었던 데다 차도 아주 빠르게 달리고 있었다. 그리고 차 안에 있는 사람들 머릿수를 세는 것보다는 번호판을 보는 데 신경을 더 집중하고 있었다.

아침을 먹으러 내려갔지만, 커피 한 잔과 토스트 한 조각 말고는 도저히 삼킬 수 없었다. 그래서 자판기에서 담배 한 갑을 사서 커피를 마시며 세 대를 피웠다. 거의 두 달 만에 처음 피우는 담배였는데, 정맥으로 직접 주입한다고 해도 이보다 더 빨리 효과를 볼 순 없을 것 같았다. 담배를 피우자 기분 좋게 어질어질해졌다. 세 대를 피운 후에, 담뱃갑은 테이블 위에 놔두고 밖으로 나갔다.

센터 가로 걸어가서 경찰서의 교통계를 찾아갔다. 경찰대를 갓 졸업한 것처럼 보이는 불그스레한 볼의 애송이 경찰이 어떻게 오셨냐고 물었다. 방에는 여섯 명 정도 되는 경찰이 있었지만, 낯익은 사람은 하나도 없었다. 난 레이 랜다워가 있는지 물었다.

"몇 달 전에 은퇴하셨는데요."

그 애송이 경찰이 그렇게 대답하더니 다른 경찰들 중 하나를 불렀다.

"어이, 제리 선배. 레이 선배가 언제 은퇴하셨죠?"

"10월이었을 거야."

그는 날 향해 돌아섰다.

"10월에 은퇴하셨네요. 제가 도와 드릴까요?"

"개인적인 용무라서."

"좀 기다려 주시면 그분 주소를 찾아봐 드릴 수 있는데."

난 중요한 일이 아니라고 대답했다. 레이가 일을 그만뒀다니 놀라웠다. 은퇴할 만큼 나이 들어 보이지 않았는데. 하지만 생각해 보니 레이는 나보다 나이가 많았고, 난 경찰에서 15년 동안 근무한 데다 그만둔 지도 5년이 넘었으니까, 경찰에 계속 있었더라면 나도 은퇴할 나이였다.

어쩌면 그 애송이 경찰이 도난 차량 기록을 슬쩍 보여 줄지도 몰랐다. 하지만 그러려면 내가 어떤 사람이었는지 말해야 하고 이런저런 잡소리를 늘어놔야 하는데 그럴 것 없이 아는 사람을 찾아가면 될 일이었다. 그래서 경찰서를 나와서 지하철을 향해 걸어가다 빈 택시가 나타났을 때, 마음을 바꿔서 거기 탔다. 그리고 택시 기사에게 6번 관할 구역 경찰서로 가자고 말했다.

기사는 거기가 어디인지 모르고 있었다. 몇 년 전만 해도, 택시를 몰고 싶으면 시내 어디든 거기서 가장 가까운 병원이나 경찰서나 소방서의 이름을 댈 수 있어야 했다. 언제부터 그게 시험 항목에서 빠졌는지는 모르겠지만, 이제 택시 기사가 되려면 목숨만 붙어 있으면 됐다.

내가 기사에게 서쪽 10번가에 있다고 알려 주자, 별 어려움 없이 거기 당도했다. 에디 퀄러는 자기 방에 있었다. 《뉴스》에서 뭔가 읽고 있었는데 심기가 편치 않아 보였다.

에디가 말했다.

"염병할 특별 검사. 이런 인간은 사람들 짜증나게 하는 거 말고 얻는 게 대체 뭐야?"

"신문에 이름이 많이 나오잖아."

"그렇지. 주자시가 되고 싶은가 봐?"

나는 휘샌들을 생각했다.

"다들 주지사가 되고 싶어 하지."

"그건 사실이야. 대체 왜들 그런다고 생각해?"

"물을 사람한테 물어봐야지, 에디. 난 애초에 인간이 왜 뭔가 되고 싶어 하는지조차 모르는 사람이야."

에디는 서늘한 눈빛으로 날 뜯어봤다.

"뭐, 자넨 항상 경찰이 되고 싶어 했잖아."

"어렸을 때부터 그랬지. 내 기억에 다른 건 안중에도 없었어."

"나도 그랬어. 배지를 갖고 다니는 게 항상 꿈이었지. 왜 그랬는지 궁금해. 가끔은 우리가 그런 식으로 자랐다는 생각도 들어. 길모퉁이에 있는 경찰을 보면 모두 존경했잖아. 그리고 어렸을 때 본 영화들 말이야. 그 영화 속 경찰들은 모두 좋은 사람들이었지."

"그건 잘 모르겠는데. 그런 경찰들은 항상 막판에 캐그니(제임스 캐그니, 할리우드의 영화 제작자 겸 배우 — 옮긴이)를 쐈잖아."

"맞아, 하지만 그 자식은 그래도 싸다니까. 영화를 보면 캐그니에 홀딱 빠져서 끝에 가선 그 인간이 농장을 샀으면 싶잖아. 하지만 암만 캐그니라도 벌을 안 받고 도망칠 순 없는 거지. 앉아, 매튜. 그동안 좀 뜸했네. 커피 한잔할래?"

나는 고개를 흔들었지만 어쨌든 앉았다. 에디는 재떨이에 있던 불이 꺼진 시가를 집어서 거기다 대고 불을 붙였다. 나는 지갑에서 10달러 두 장과 5달러 한 장을 꺼내서 그의 책상 위에 놨다.

"내게 방금 모자 하나 생긴 거야?"

"1분 안에 그렇게 될 거야."

"우리가 나눈 대화를 특별 검사에게 이르지 말란 건가?"

"자넨 걱정이라곤 하나도 없지?"

"그걸 누가 알겠어? 이런 미친놈이 걸리면, 모두 걱정거리가 생기는 법이지."

에디는 지폐들을 접어서 셔츠 주머니에 넣었다.

"내가 뭘 해 줄까?"

나는 어제 잠자리에 들기 전에 적어 둔 종이를 꺼내고 말했다.

"여기 자동차 번호판 일부가 있어."

"26번가에는 아는 사람이 하나도 없어?"

거기는 도로 교통국 사무실이 있는 곳이다.

"있긴 있지만, 이건 뉴저지 번호판이야. 내 생각에 이 차는 도난 차량일 거야. 그건 자네가 조회해 볼 수 있는 거고. 이 세 글자는 LKJ이거나 LJK일거야. 번호는 세 개 중에서 일부만 건졌어. 9하고 4가 있고 나머지는 9일 수도 있고, 22일 수도 있는데, 순서도 잘 모르겠어."

"만약 그게 도난 차량으로 서류에 나와 있다면 그거로도 충분해. 견인을 하도 해 대니까, 가끔은 사람들이 차를 도둑맞고도 신고를 안 해. 우리가 견인해 갔다고 생각하고, 마침 수중에 50달러가 없으면 견인 차량 보관소까지 안 가 보는 거지. 그러다 나중에 차를 도둑맞은 걸 알게 돼. 아니면 도둑이 차를 훔쳐갔다가 버리고 나서 우리가 '정말로' 그 차를 견인해 가는 경우도 있어. 그럼 사람들은 결국 견인된 차를 찾으러 가서 돈을 내게 되는데, 그게 자기들이 주차해 놓은 곳이 아니란 말이지. 기다려 봐, 내가 서류를 찾아볼 테니까."

에디는 재떨이에 시가를 그대로 놔두고 갔고, 다시 돌아왔을 때 시가는 또 꺼져 있었다.

"서류 가져 왔어. 그 글자들 다시 말해 봐."

"LKJ이거나 IJK야."

"그렇단 말이지. 제조사와 모델 알아?"

"카이저 프레이저 1949년형."

"엥?"

"최신형 모델 세단이고 짙은 색이야. 내가 아는 건 그 정도가 다야. 내 눈엔 다 그게 그걸로 보여."

"그렇단 말이지. 여긴 나온 게 없는데. 어디 어제 밤에 들어온 걸 한번 볼까. 아, 이게 누구신가. IJK 914."

"맞는 것 같은데."

"임팔라 1972년형이야. 문 두 개에 짙은 초록색."

"문짝이 몇 갠지는 안 세어 봤지만, 그게 맞을 거야."

"차 주인은 어퍼 몽클레어에 사는 윌리엄 레이켄이란 부인이군. 자네 친구야?"

"아니. 신고는 언제 한 거야?"

"어디 보자. 여기 보니까 새벽 2시라고 나와 있는데."

나는 암스트롱을 12시 30분쯤에 나왔으니까, 레이켄 부인은 당장 차를 찾아본 게 아니었다. 그들이 차를 다시 갖다 놨을 수도 있는데 그랬다면 없어진 것도 모르고 지나갔을 것이다.

"그 차는 어디서 온 거야, 에디?"

"어퍼 몽클레어겠지?"

"내 말은 놈들이 차를 훔쳤을 때 그 부인이 차를 어디다 주차해 놨느냔 말이지."

"아."

에디는 덮어 놨던 서류를 다시 펼쳐서 마지막 페이지를 봤다.

"브로드웨이와 114번가 사이. 참, 이걸 보니까 흥미로운 질문이 떠오르는데."

정말 엄청나게 흥미로운 질문이긴 했지만, 이 인간이 그걸 어떻게 알았을까? 난 무슨 질문이냐고 물었다.

"레이켄 부인이 새벽 2시에 어퍼 브로드웨이에서 뭘 하고 있었을까? 그리고 남편은 그걸 알고 있었을까?"

"음탕하긴."

"특별 검사는 내가 됐어야 했는데. 레이켄 부인과 자네의 그 실종된 남편 사건과 무슨 관계가 있는 거야?"

난 멍한 표정으로 있다가, 스피너의 시체에 대해 내가 왜 흥미를 가지는지 설명하기 위해 지어낸 사건이 기억났다.

"아. 아무 관계도 없어. 결국 그 사람 부인에게는 잊어버리라고 말했어. 일당은 며칠 치를 받았고."

"그랬군. 차는 누가 훔친 거야? 그리고 그걸로 어젯밤 뭘 했고?"

"공공 재산을 파괴했지."

"그랬어?"

"9번 애비뉴에 있는 주차 요금 징수기를 부수고 나서, 꽁지가 빠져라 잽싸게 달아났지."

"그런데 자네가 마침 거기 있었고, 그래서 또 우연히 그 번호판을 보게 됐는데, 자연스럽게 그 차가 도난 차량이라고 판단했지만 자네는 모범 시민이니까 그걸 확인해 보고 싶었단 말이군."

"그런 셈이지."

"뻥치시네. 앉아, 매튜. 대체 무슨 수작을 벌이고 있는 거야?"

"아무것도 아니야."

"어떻게 도난 차량 사건과 스피너 자블런 사건이 엮이게 됐지?"

"스피너? 아, 강에서 건져 올린 그 남자 말이지. 아무 관계도 없는데."

"자넨 단지 그 여자의 남편을 찾고 있었던 거니까 말이지." 나는 내 실수를 알아챘지만, 에디가 발견했는지 알아내기 위해 기다렸다. 에디가 말했다. "지난번에 내게 말했을 때는 그 남자의 여자친구가 그 남자를 찾고 있다고 했잖아. 자네, 정말 아주 깜찍하게 구는군, 매튜."

나는 아무 말도 하지 않았다. 에디는 재떨이에서 불이 꺼진 시가를 집어서 찬찬히 살펴보다가, 몸을 기울여서 쓰레기통에 버렸다. 그리고 허리를 펴서 날 보다가 시선을 돌리더니 다시 날 봤다.

"대체 뭘 숨기고 있는 거야?"

"자네가 알아야 할 건 없어."

"어쩌다 스피너 자블런과 엮이게 된 거야?"

"그건 중요하지 않아."

"차는 또 뭐야?"

"그것도 중요하지 않아." 나는 허리를 똑바로 폈다. "스피너는 이스트 강에서 나왔고, 그 차는 57번가와 58번가 사이에 있는 주차 요금 징수기를 부쉈어. 그리고 그 차는 시 외곽에서 도난당했으니까, 이 중 어느 사건도 6구역 관할은 아니야. 자네가 알아야 할 일은 없다고, 에디."

"스피너는 누가 죽인 거야?"

"몰라."

"그거 사실이야?"

"당연히 사실이지."

"그리고 자넨 누군가와 술래잡기를 하고 있고?"

"꼭 그런 건 아니야."

"맙소사, 매튜."

나는 거기서 빠져나오고 싶었다. 내가 에디의 관심을 끌 만한 일을 감추고 있는 것도 아니었고, 사실 에디나 다른 사람에게 내가 가진 정보를 줄 수도 없었다. 하지만 나는 혼자서 승부하고 있었고 그의 질문을 피하고 있었다. 그러면서 에디가 이런 상황을 달가워할 거라고 기대할 수는 없는 노릇이었다.

"자네 의뢰인이 누구야, 매튜?"

스피너가 내 의뢰인이었지만, 그렇게 말해서 이득을 볼 일이 하나도 없었다. 내가 말했다.

"없어."

"그럼 대체 무슨 속셈이야?"

"내게 무슨 속셈이 있는지도 모르겠는데."

"스피너에게 최근에 큰돈이 들어왔다는 말을 들어서 하는 소리야."

"마지막으로 만났을 때 잘 차려입었더군."

"그랬단 말이지?"

"그 양복을 장만하는 데 320달러가 들었다더군. 스피너에게 언뜻 그 이야길 들었어."

에디가 날 뚫어져라 쳐다봐서 내가 눈길을 돌려 버렸다. 에디가 낮은 목소리로 말했다.

"매튜, 사람들이 차를 몰고 자네에게 돌진하는 그런 일이 일어나선 안 돼. 그건 위험한 일이야. 정말 나에게 다 털어놓을 생각 없어?"

"때가 되면 바로 하지, 에디."

"그런데 아직은 그때가 아니라는 거 확실해?"

나는 곧장 대답하지 않았다. 그 차가 내 옆을 스치고 지나갈 때의 느낌이 기억났고, 실제로 일어났던 일이 기억났고, 그다음엔 그 일에 대해 꾼 꿈이 기억났고, 꿈속에서 운전기사가 그 큰 차로 나를 벽에 끝까지 밀어 버리는 장면이 기억났다.

"확실해."

내가 대답했다.

라이언스 헤드에서 햄버거 하나를 먹고 버번과 커피를 마셨다. 차가 시내에서 아주 멀리 떨어진 외곽에서 도난당했다는 사실에 조금 놀랐다. 놈들이 일찌감치 그 차를 훔쳐서 내 주위에 주차해 놨을 수도 있고, 아니면 말보로맨이 내가 폴리 바를 나갔을 때와 그자가 날 찾아 암스트롱에 왔을 때 사이에 전화를 했을 수도 있다. 그렇다면 이 일에 적어도 두 사람이 연루돼 있다는 뜻이 되는데, 그건 전화로 들은 목소리를 토대로 이미 결론을 내린 것이다. 아니면 말보로맨이…….

아니, 이건 아무 의미가 없었다. 생각해 낼 수 있는 시나리오는 너무 많았지만, 그중 어느 것도 더 혼란스러워지는 것 외에 아무 소득이 나오질 않았다.

나는 커피와 버번을 한 잔씩 더 가져오라고 손짓을 해서, 섞고 나서, 생각에 생각을 거듭했다. 에디와 나눴던 대화의 끄트머리가 마음에 걸렸다. 에디와 이야기하면서 뭔가 알게 된 것이 있는데, 문제는 그게 뭔지 당최 모르겠다는 것이다. 에디가 한 말 중 뭔가가 침묵하고 있던 종을 울렸는데, 도저히 그 종을 다시 울리게 만들 수가 없었다.

나는 1달러를 몽땅 동전으로 바꿔서 들고 공중전화기로 갔다. 전화번호 안내원이 어퍼 몽클레어에 사는 윌리엄 레이켄의 번호를 알려 줬다. 내가 전화해서 레이켄 부인에게 교통과에서 차량 도난 사건을 담당하고 있다고 하자, 부인은 그렇게 빨리 찾았냐고 놀라면서 혹시 차가 파손됐는지 알고 있냐고 물었다.

내가 대답했다.

"유감이지만, 아직 부인의 차량은 찾지 못했습니다."

"아."

"전 그저 세부적인 사항을 몇 가지 알고 싶어서 전화 드렸습니다. 부인의 차는 브로드웨이와 114번가 사이에 주차돼 있었죠?"

"맞아요. 브로드웨이가 아니라 114번가에 주차했어요."

"알겠습니다. 저기, 저희 서류를 보니까 도난 신고를 새벽 2시쯤 하셨던데요. 차가 없어진 걸 알고 곧바로 신고하신 겁니까?"

"네, 거의 곧장 한 셈이죠. 주차해 둔 곳으로 갔는데 거기에 차가 없었어요. 처음에는 견인된 줄 알았어요. 전 합법적인 곳에 주차했지만, 가끔 못 보고 지나친 표지판들도 있고, 규정이 다른 곳들도 있으니까. 하지만 어쨌든 시 외곽까지 견인을 하진 않잖아요, 안 그래요?"

"86번가 위쪽으로는 하지 않습니다."

"저도 그렇게 생각했어요. 물론 전 항상 그럭저럭 합법적인 주차 공간을 찾아내곤 했지만요. 그래서 그때는 아무래도 내가 실수를 했나 보다고 생각했어요. 사실은 113번가에 주차한 게 아닌가 싶어서 가서 확인해 봤는데, 물론 거기도 없었죠. 그래서 남편에게 저 좀 태우러 오라고 전화했는데 남편이 도난 신고를 하라고 하더군요. 그때 제가 경찰에 신고했죠. 그러니까 차가 없다는 걸 알게 된 후 실제로 신고를 하기까지 한 15분에서 20분 정도 걸렸죠."

"알겠습니다." 난 이제 괜히 물어봤다고 후회가 됐다. "그래서 차는 언제 주차하셨습니까, 레이켄 부인?"

"어디 보자. 그날 수업이 두 개였어요. 8시에 단편 소설 워크숍 하나하고 10시에 르네상스 역사 수업 이렇게요. 하지만 제가 좀 일찍 갔으니까, 아마도 7시 조금 넘어서 주차한 것 같아요. 그게 중요한가요?"

"뭐, 차를 찾는 데 도움이 되진 않을 겁니다, 레이켄 부인. 다만 저희는 다양한 범죄들이 발생할 가능성이 높은 시간대를 정확히 집어내는 데이터를 개발하려고 노력 중이거든요."

"흥미로운 이야기군요. 그 데이터가 무슨 도움이 될까요?"

나도 항상 그게 궁금했다. 나는 그게 전반적인 범죄 상황의 일부로서 도움이 된다고 말했는데, 바로 내가 경찰로 일하면서 비슷한 질문을 던졌을 때 항상 듣던 말이었다. 나는 레이켄 부인에게 고맙다고 인사하면서 아마 차는 곧 찾게 될 거라고 안심시키자, 부인 역시 고맙다고 말했다. 우리는 인사를 나누고 전화를 끊었고 나는 다시 술집으로 돌아갔다.

나는 레이켄 부인과의 통화에서 뭘 알게 됐는지 밝히려고 했지만 결국 아무것도 없다는 결론을 내렸다. 두서없이 이런저런 생각을 하다가 레이켄 부인이 한밤중에 어퍼 웨스트사이드에서 뭘 했는지 궁금해하고 있다는 걸 퍼뜩 깨달았다. 레이켄 부인은 남편과 같이 있었던 것도 아니고, 그녀의 마지막 수업은 분명 11시 정도에 끝났을 것이다. 어쩌면 그녀는 웨스트엔드나 컬럼비아 주변에 있는 술집에서 맥주를 몇 잔 마셨을지도 모른다. 꽤 많이 마신 듯한데, 아마도 그래서 차를 찾아 그 블록을 돌아다녔을 것이다. 전함 한 척을 띄울 정도로 많이 마셨다고 해도 문제가 될 건 없었다. 레이켄 부인은 스피너 자블런이나 다른 사람들과 아무 상관이 없었고, 그게 남편인 레이켄 씨와 상관이 있는지 없는지 여부는 그 부부 일이지 내 일이 아니니까, 그리고.

컬럼비아.

컬럼비아 대학 116번가와 브로드웨이 사이에 있다. 그러니까 거기가 바로 레이켄 부인이 수업을 들었던 곳이다. 그리고 컬럼비아 대학에서 공부하는 사람이 하나 더 있다. 대학원에서 심리학을 전공해서 정신 지체 아동들을 치료하겠다는 계획을 가진 사람.

나는 전화번호부를 확인했다. 프레이저 스테이시의 번호는 찾지 않았다. 독신 여성이라면 전화번호부에 성이 아닌 이름을 그대로 올려 둘 정도로 어리석지 않을 테니까. 브로드웨이와 리버사이드 사이 서쪽 112번가에 프레이저 S의 번호가 나와 있었다.

나는 자리로 돌아가서 마시던 커피를 비웠다. 그리고 바에 지폐 한 장을 놔뒀다. 문간에서 마음을 바꿔, 다시 프레이저 S를 찾아보고, 주소와 전화번호를 적었다. S가 시무어나 스테이시가 아닌 다른 이름일 경우에 대비해, 전화기에 10센트 동전을 하나 넣고 번호를 돌렸다. 전화벨이 일곱 번 울릴 때까지 그대로 있다가, 전화를 끊고, 다시 동전을 꺼냈다. 그 안에 10센트 동전이 두 개 더 있었다.

운이 따라 주는 날도 더러 있다.

11장

브로드웨이와 110번가 사이에 있는 지하철에서 내렸을 때는, 내가 발견한 우연의 일치에 대한 감동이 많이 줄어든 상태였다. 만약 프레이저가 날 죽이기로 결심했다면, 직접 손을 쓰거나 살인 청부업자를 시켰겠지, 딸의 아파트에서 두 블록 떨어진 곳에 있는 차를 훔쳤을 특별한 이유가 없다. 처음 봤을 때는 뭔가 나올 것 같았지만, 지금은 그런 확신이 서지 않았다.

물론, 스테이시 프레이저에게 남자 친구가 있고, 그 친구가 말보로맨으로 드러난다면…….

그러니 한번 조사해 볼 가치는 있어 보였다. 나는 스테이시가 사는 아파트를 찾았다. 5층짜리 갈색 사암 건물로 한 층마다 네 가구가 있었다. 스테이시의 집 초인종을 눌렀는데, 대답이 없었다. 꼭대기 층에 있는 다른 벨들을 몇 번 눌러 봤다.(그런 식으로 남의 집 초인종을 누르는 일이 얼마나 많은지 참 놀라울 지경이다.) 그러나 아무도 집에 없었고, 현관 자물쇠는 아주 따기 쉬워 보였다. 이쑤시개를 써서 열었는데, 열쇠를 썼어도 그보다 더 빨리 열 수 없었을 것이다. 그리고 가파른 계단을 3단 올라가서 4-C의 문에 노크를 했다. 기다렸다가 다시 노크를 하고 나서, 문에 달려 있는 자물쇠 두 개를 다 열고 아파트 안으로 들어갔다.

집 안에는 침대로 전환할 수 있는 소파 하나와 구세군에서 가져온 가구들이 드문드문 있는 상당히 큰 방이 하나 있었다. 벽장과 서랍장을 살펴봤는데 알게 된 거라곤 스테이시에게 남자 친구가 있다면 다른 곳에 산다는 점이었다. 이 아파트에서 남자가 살고 있는 흔적은 하나도 보이지 않았다.

나는 집 안을 슬쩍슬쩍 들춰 보면서, 그냥 여기 사는 사람이 어떤 사람인지만 알아보려고 했다. 책이 많았는데 주로 문고판이었고, 대부분 심리학의 일면을 다룬 책들이었다. 잡지도 한 무더기 있었다. 《뉴욕》,《사이콜로지 투데이》,《지식인 다이제스트》 같은 잡지들이었다. 구급상자에는 아스피린보다 더 독한 약은 없었다. 스테이시는 아파트를 깔끔하게 정리해 놨고, 마찬가지로 생활도 잘 꾸려 가고 있다는 인상을 풍겼다. 그녀의 아파트 한가운데서서 책 제목들을 훑어보고, 옷장에 있는 옷들을 뒤지다 보니 내가 침입자가 된 것같이 느껴졌다. 점점 더 내가 맡은 이 역할이 불편해졌고, 여기 들어올 정당한 이유도 발견하지 못하자 그런 기분은 커져만 갔다. 난 아파트를 나와서 문을 닫았다. 자물쇠 두 개 중 하나는 잠갔지만, 다른 하나는 열쇠가 있어야 잠글 수 있었다. 아마도 스테이시는 나가는 길에 깜박하고 안 잠그고 간 모양이라 여길 것이다.

아파트 안에서 멋진 액자 안에 들어 있는 말보로맨의 사진을 찾아낼 수 있었다면 좋았으면만. 그러면 도움이 됐겠지만, 그런 일은 일어나지 않았다. 난 아파트 건물을 나와서 모퉁이를 돌아가 간이식당에서 커피를 한 잔 마셨다. 프레이저와 에스리지와 휘샌들, 이들 중 하나가 스피너를 죽이고 나 역시 죽이려고 했는데, 난 별다른 단서도 찾아내지 못하고 있었다.

프레이저였다고 치자. 슬슬 하나의 패턴이 만들어지는 것처럼 보였다. 정확히 들어맞진 않지만, 어느 정도 그럴싸했다. 프레이저는 뺑소니 사건 때문에 애초에 스피너의 마수에 걸려들게 됐고, 지금까지 차가 두 번 사용됐다. 스피너의 편지에서 차 한 대가 연석을 뛰어 넘어서 그를 덮치려고 했단 말이 나왔다. 그리고 또 한 대는 확실히 어젯밤 나를 치려고 했다. 그리고 프레이저는 금전적으로 어려움을 겪고 있는 것처럼 보였다. 베벌리 에스리지는 시간을 끌고 있었고, 시어도어 휘샌들은 내 가격에 동의했다. 그리고 프레이저는 어떻게 돈을 조달할 수 있을지 모르겠다고 했다.

그러니까 범인이 프레이저라고 치자. 그렇다면, 그는 막 살인을 하려고 시도했다가 실패했다. 그러니까 좀 불안해하고 있을 것이다. 만약 범인이 프레이저라면, 지금이 그가 갇힌 우리의 창살을 흔들기 딱 좋은 때였다. 그리고 프레이저가 범인이 아니라면, 그 사람을 찾아갔을 때 그의 의중을 좀 더 잘 간파할 수 있는 입장에 있게 될 것이다.

나는 커피 값을 지불하고 밖으로 나와서 택시를 잡았다.

내가 프레이저의 사무실에 들어갔을 때 그 흑인 여비서가 고개를 들어 날 봤다. 비서가 날 알아보기까지 잠시 시간이 걸렸고, 그녀의 검은 눈에 경계하는 표정이 떠올랐다.

"매튜 스커더라고 합니다."

"사장님을 찾아오신 건가요?"

"그래요."

"약속을 하셨나요, 스커더 씨?"

"사장님이 절 보고 싶어 할 겁니다, 셰리."

비서는 내가 자기 이름을 기억하고 있자 깜짝 놀란 것처럼 보였다. 그녀는 머뭇거리며 일어서서 U자형의 책상 뒤에서 나왔다.

"오셨다고 사장님께 전해 드리죠."

"그래 줘요."

그녀는 프레이저의 사무실 문으로 들어가서 재빨리 닫았다. 나는 비닐 소파에 앉아 프레이저 부인이 그린 바다 풍경을 봤다. 난 그림 속의 남자들이 보트 옆에다 대고 토하고 있다고 판단했다. 의심의 여지가 없었다.

문이 열리더니 비서가 다시 사장실의 문을 닫고 응접실로 돌아왔다.

"5분 후에 만나시겠답니다."

"알았습니다."

"사장님과 중요한 사업을 하시나 봐요."

"상당히 중요하죠."

"정말 일이 잘 풀렸으면 좋겠어요. 사장님이 요즘 평소 같지 않으셨어요. 사람이 더 열심히 일하고 더 성공할수록, 스트레스를

130

더 많이 받게 되는 것 같아요."

"요즘 스트레스를 많이 받고 계신 것 같더군요."

"정말 스트레스가 심하세요."

그녀의 눈빛은 날 비난하며 프레이저가 힘들어하는 게 나 때문이라고 말하고 있었다. 나로선 부인할 수 없는 비난이었다.

"아마 곧 문제가 해결되겠죠."

난 넌지시 그렇게 말해 봤다.

"정말 그랬음 좋겠어요."

"사장님이 좋은 분인가 보죠?"

"아주 좋은 분이세요. 사장님은 항상."

하지만 그녀는 말을 끝내지 못했다. 바로 그때 트럭이 폭발하는 소리가 들렸다. 다만 트럭은 땅바닥에서나 폭발하지, 20층에서 폭발하진 않는다. 비서는 책상 옆에 서 있었는데, 한동안 눈을 크게 뜨고 손등으로 입을 누른 채 얼어붙어 있었다. 그녀가 그 자세로 가만히 있자 난 의자에서 벌떡 일어나 먼저 사장실 문에 도착했다.

내가 문을 홱 당겨서 열자, 헨리 프레이저가 책상에 앉아 있었다. 물론 트럭이 폭발한 게 아니었다. 그건 권총 소리였다. 작은 권총, 언뜻 봐서는 22구경이나 25구경처럼 보였지만, 총신을 입에 넣고 뇌 쪽으로 기울이면, 작은 권총으로도 사실 효과는 충분했다.

나는 문간에 서서 그 광경을 가리려고 했지만, 어느새 내 어깨 옆에 선 비서가 작은 손으로 내 등을 두들겼다. 나는 잠시 그대로 버티고 있었지만, 생각해 보니 그녀 역시 적어도 나만큼은 프레이저를 볼 권리가 있는 것 같았다. 내가 방으로 한 걸음 들어서자 그녀는 따라 들어와서, 이미 예상하고 있던 광경을 목격했다.

그러더니 비명을 지르기 시작했다.

12장

셰리가 내 이름을 몰랐더라면, 그대로 거길 나가 버렸을지도 모른다. 아닐 수도 있고. 그러나 경찰 본능이란 게 죽는다 해도 그렇게 쉽게 죽지 않을 뿐더러, 증언하는 게 내키지 않아서 슬쩍 어둠 속으로 사라져 버리는 증인들을 너무 오랫동안 경멸해 왔던지라 내가 그런 짓을 하면 마음이 아주 불편해질 터였다. 그리고 셰리를 그런 상태에 두고 도망치면 분명 마음이 좋지 않았을 것이고.

하지만 그러고 싶은 충동은 분명히 있었다. 나는 책상에 쓰러진 헨리 프레이저의 몸과 죽음으로 인해 일그러진 얼굴을 보면서, 지금 내가 죽인 남자의 얼굴을 보고 있다는 걸 깨달았다. 방아쇠를 당긴 건 프레이저 본인이지만, 게임을 조금 지나치게 잘하는 바람에 그의 손에 권총을 밀어 넣은 사람은 나였다.

나는 그의 인생과 내 인생이 엮이게 해 달라고 부탁한 적도 없고, 그의 죽음에 원인을 제공하려고 한 적도 없었다. 하지만 이제 그의 주검이 나와 정면 대결을 벌이고 있다. 그의 한 손이 책상 너머로 길게 뻗은 것이 마치 날 손으로 가리키고 있는 것 같았다.

프레이저는 의도하지 않은 살인을 저지른 딸을 뇌물을 써서 빼냈다. 그 뇌물 때문에 협박을 받게 됐고, 그 결과 또 다른 살인 사건이 발생했는데 이번에는 의도적인 살인이었다. 그리고 그 첫 번째 살인의 덫이 점점 더 그를 죄어 왔다. 당시 그는 협박을 받고 있었고, 언제든 스피너의 살인범으로 잡혀갈 수 있는 상황이었던 것이다.

그래서 또다시 살인을 저지르려고 했으나 실패했다. 그리고 다음 날 내가 사무실에 나타나자 비서에게 5분만 시간을 달라고 했지만, 사실은 2~3분밖에 필요하지 않았다.

그는 권총을 가까이에 두고 있었다. 아마 장전됐는지 보려고 그날 내가 오기 전에 확인해 뒀을 것이다. 그리고 아마도, 내가 바깥 사무실에서 기다리는 사이에 총알로 날 맞아 줄 생각을 품었는지도 모른다.

하지만 밤에 어두운 거리에서 사람을 치는 것이나 사람을 쳐서 기절시켜 강에 버리는 것과 비서가 바로 옆방에 있는 상황에서 자기 사무실에서 사람을 총으로 쏘는 것은 다르다. 아마도 프레이저는 이런 점들을 고려해 봤으리라. 아마도 그는 이미 자살하기로 결심했을 것이다. 이제 그에게 그걸 물어볼 수도 없고, 그게 뭐 중요하겠는가? 자살로 그의 딸을 지킬 수 있지만, 살인은 모든 것을 드러냈을 테니. 자살을 통해 프레이저는 그의 속도보다 훨씬 더 빠르게 돌아가던 쳇바퀴에서 빠져나왔다.

나는 거기 서서 프레이저의 시체를 보면서 그런 생각을 했고, 그 시간 후로 또 이런저런 생각을 했다. 얼마나 오랫동안 그렇게 보고 있었는지 모르겠다. 그동안 셰리는 내 어깨에 기대어 흐느껴 울고 있었다. 그렇게 오래는 아니었던 것 같다. 그러다 다시 정신이 들어서, 셰리를 응접실로 데리고 가서 소파에 앉혔다. 그리고 책상 위에 있던 수화기를 들어 911을 돌렸다.

현장에 도착한 경찰은 동 51번가에 있는 17번 관할 경찰서 소속이었다. 형사 둘이 왔는데 짐 히니와 그보다 더 젊은 핀치라는 사람이었다. 핀치의 이름은 듣지 못했다. 히니하곤 목례를 나눌 정도의 안면이 있어서 일이 조금 쉬웠지만, 전혀 모르는 경찰들이 왔더라도 내가 큰 말썽에 휘말릴 소지는 없어 보였다. 처음부터 모든 정황이 완벽하게 자살로 맞아떨어졌고, 여비서와 나 둘 다 총이 발사됐을 때 프레이저가 혼자 있었다는 사실을 확인해 줄 수 있었다. 그래도 과학 수사 연구소에서 나온 사람들이 절차대로 조사를 하는 시늉은 했지만 별 열의는 없었다. 그들은 사진을 많이 찍고 분필로 여기저기 표시를 한 후에, 총을 포장해 증거 봉투에 넣고, 마침내 프레이저의 시체를 자루에 넣어서 밖으로 운반해 나갔다. 히니와 핀치는 셰리의 진술을 받아서 그녀가 집에 가서 마음껏 쓰러질 수 있게 해 줬다. 그들이 정말 셰리에게 원했던 건 그녀가 사건 정황상 생긴 일반적인 구멍들을 다 막아 줘서 검시관이 사인을 규명해 자살이라고 판정을 내리는 것이었다. 그래서 그들은 셰리에게 질문을 해서 그녀의 상사가 최근에 우울하고 초조해했으며, 확실히 사업에 대해 걱정이 많았던 데다 기분도 평소 같지 않았다는 점을 확인했다. 그리고 외적인 면으로는, 총알이 발사되기 몇 분 전에 그녀가 사장을 봤고, 총알이 발사됐을 당시에 그녀와 내가 바깥쪽 사무실에 앉아 있었으며 우리가 동시에 프레이저의 사무실에 들어가 의자에서 죽어 있는 그를 발견했다는 것도 확인했다.

히니는 셰리에게 잘 알았다고 했다. 내일 아침 다른 형사가 정식으로 진술을 받으러 올 것이고, 오늘은 이만 핀치 형사가 그녀를 집으로 데려다 줄 것이라고 말했다. 셰리가 그럴 필요 없으며 택시를 타고 가겠다고 했지만, 핀치는 고집을 부렸다.

두 사람이 나가는 걸 지켜보고는 히니가 말했다.

"핀치가 집에까지 아주 잘 데려다 줄 거야. 저 아담한 비서 엉덩이가 아주 옴팡지던데."

"난 잘 모르겠던데."

"자네가 나이 들어서 그런 거야. 핀치는 그런 거 하나는 기가 막히게 잘 보지. 그 친구가 흑인 여자를 좋아하는데, 특히 그런 몸매에 환장하거든. 난 여자들과 노닥거리지 않지만, 핀치랑 일하다 보면 심심할 새가 없는 건 사실이야. 그 친구가 늘어놓는 무용담의 절반만 사실이래도, 그 친구는 얼마 못 가 복상사할 거야. 그런데 까놓고 말하자면, 아무래도 그게 허풍은 아닌 것 같단 말이지. 여자들이 그 친구라면 사족을 못 쓴다니까."

히니는 담배에 불을 붙이고 나서 내게 담뱃갑을 내밀었다. 난 사양했다. 히니가 말했다.

"지금 그 셰리란 아가씨 말이야. 핀치가 그 여잘 꼬실 수 있다고 내기해도 좋다니깐."

"오늘은 안 될걸. 셰리가 큰 충격을 받아서."

"뭔 소리야, 그런 때가 제일 좋은 때야. 대체 왜 그런지는 나도 모르겠지만, 여자들이 그럴 때 가장 마음이 동한다니까. 여자한 테 가서 남편이 살해됐다고, 그러니까 처음으로 그 나쁜 소식을 전하러 가는데, 자네라면 그런 때에 여자에게 수작을 부리겠어? 여자가 아무리 미인이라도 자네라면 그렇게 하겠냐고? 나도 절대로 그런 짓은 안 해. 그러니까 자네도 아까 그 미친놈이 떠들어대는 이야기를 좀 들어 봐야 해. 몇 달 전에 철공소 직원이 대들보에서 떨어져서 죽은 일이 있었거든. 핀치가 그 소식을 그 직원 부인에게 전해야 했어. 핀치가 그 이야길 하니까 그 여자가 쓰러지려고 해서 안고 달래 주면서 좀 다독였더니, 어느새 그 여자가 핀치 바지 지퍼를 내리고 있더라는 거야."

"핀치가 하는 말을 그대로 믿으면 그렇단 이야기지."

"뭐, 그 자식이 하는 말의 절반만 사실이더라도 그렇지. 하지만 난 그 자식이 거짓말을 한다는 생각이 안 들어. 그 자식은 작업이 실패하면 실패했다고 이야기하거든."

나는 별로 이런 이야기를 하고 싶은 마음이 없었지만, 그렇다고 노골적으로 싫은 기색을 할 수도 없어서, 핀치의 연애사에 대한 이야기를 몇 개 더 듣고 난 후에 우리 둘 다 알고 있는 친구들에 대한 이야기를 하느라 또 몇 분을 낭비했다. 더 친한 사이였다면 더 오래 이런 잡담을 나눴을지도 모른다. 마침내 히니는 클립보드를 들고 프레이저에 정신을 집중했다. 우리는 이런 사건에 으레 따라오는 질문들을 거쳤고, 나는 셰리가 히니에게 말한 내용을 다시 확인해 줬다.

　그러자 히니가 말했다.

　"서류상 하는 질문인데, 자네가 여기 도착하기 전에 그 사람이 죽었을 가능성도 있나?" 내가 멍한 표정으로 바라보자, 히니가 자세히 설명했다. "이건 좀 황당한 질문이긴 한데 어쨌든 그냥 서류에 나온 질문이니까 하는 거야. 아까 그 여비서가 그 사람을 죽였다고 치자고. 어떻게 혹은 왜 그랬는지는 나에게 묻지 말고. 그다음에 그 비서가 자네나 다른 사람이 오길 기다렸다가, 사장과 이야기하는 척하고 나서, 자네랑 같이 앉아 있다가, 방아쇠를 당기는 거지. 실이나 뭐 그런 걸 써서 했는지 그건 나도 잘 모르겠고. 그다음에 자네랑 그 비서랑 둘이서 함께 시체를 발견하면, 비서는 완벽한 알리바이가 생기는 거잖아."

　"텔레비전은 그만 좀 봐, 짐. 아무래도 자네 머리가 점점 이상해지는 거 같아."

　"뭐, 사건이 그런 식으로 '일어났을 수도' 있다는 거지."

　"물론이지. 난 셰리가 들어갔을 때 프레이저와 이야기하는 소리를 들었어. 물론, 셰리가 녹음기를 미리 준비해 뒀을 수도 있고."

　"알았어, 알았다고."

　"자네가 모든 가능성들을 다 고려해 보고 싶다면."

　"내가 황당한 질문이라고 말했잖아. 「미션 임파서블」에 나오는 범죄자들이 하는 짓을 보면 현실의 범죄자들은 어쩜 그렇게 멍청한지 어이가 없을 정도잖아. 그러니까, 뭐 어때, 사기꾼도 텔레비전을 볼 수 있는 거고, 그러다 거기서 아이디어를 얻을 수도 있는 거지. 하지만 자네가 그 사람이 하는 말을 들었다면, 녹음기는 잊어버리는 거고. 그걸로 문제는 해결된 거지."

　사실 프레이저가 말하는 소리를 못 들었지만, 그렇게 말하는 게 훨씬 더 상황이 간단해진다. 히니는 모든 가능성들을 고려해 보고 싶었고, 나는 어서 여길 빠져나가고 싶을 뿐이니까.

　"자넨 어쩌다 이 일에 끼게 된 거야, 매튜? 그 사람 일을 봐주고 있었던 거야?"

　나는 고개를 흔들었다.

　"신원 보증인에 대해 확인하고 있던 중이었어."

　"프레이저의 신원?"

　"아니. 누군가가 프레이저를 신원 보증인으로 내세웠는데. 내 의뢰인이 아주 철저하게 확인해 달라고 해서. 지난주에 프레이저를 만났는데 마침 근처에 왔다가 몇 가지 정리할 게 있어서 들렀지."

　"그 조사 대상이 누군데?"

　"그게 뭐 중요해? 프레이저와 8~9년 전에 같이 일했던 사람이야. 프레이저가 자살한 것과는 아무 상관이 없어."

　"그럼 자네는 프레이저는 잘 모르겠군."

　"두 번 만났어. 아니, 생각해 보니 한 번이네. 오늘은 만났다고도 할 수 없는 거니까. 그리고 전화로 간단하게 통화한 적이 있지."

　"프레이저에게 무슨 문제가 있었나?"

　"이젠 없지. 자네에게 말해 줄 수 있는 게 별로 없어, 짐. 난 프레이저에 대해서도 잘 모르고, 그 사람이 어떤 상황에 있었는지도 몰라. 우울하고 불안해 보이긴 했어. 사실, 세상이 그를 쫓고 있다고 생각하는 것 같은 인상을 받긴 했어. 프레이저를 처음 만났을 때, 그 사람은 마치 내가 자기에게 해를 입히는 음모의 일부이기라도 한 것처럼 의심하더군."

"피해망상이군."

"그런 거지, 맞아."

"그래, 모든 정황이 다 맞아떨어지는군. 사업도 안 풀리고 모두 자기를 궁지로 몰아넣고 있다고 느끼고 있는 데다, 자네가 오늘 자기를 괴롭히러 왔다고 생각했을 거야. 어쩌면 한계에 이르렀는지도 모르고. 왜 있잖아, 스트레스가 극에 달해서 더 이상 사람을 못 만날 지경에 이른 거지. 그래서 서랍에 있던 권총을 꺼내 가지고 미처 생각도 해 보기 전에 머리에 총알을 박은 거야. 제발 시중에 권총이 돌아다니지 좀 않았으면 좋겠어. 캐롤라이나에서 트럭째로 들여온다니까. 그 총이 등록 안 된 총이라는데 얼마 걸겠어?"

"보나마나 뻔하지."

"그 인간, 처음에 그 총을 살 때는 호신용으로 산다고 생각했을 거야. 스페인제 싸구려 권총 같은 거 말이야. 강도 가슴에 여섯 발이나 쏴도 정작 그놈은 못 막으면서 자기 머리 날리는 데나 쓸모가 있는 총 말이야. 1년 전에 그런 남자가 있었는데, 심지어 그 정도 쓸모도 없는 총이었어. 자살하려고 했는데, 총이 제대로 말을 안 들어서 지금은 식물인간이 됐지. 이제는 그런 심난한 삶을 살아야 하니 정말 죽는 게 좋겠지만, 손도 움직일 수 없는 처지가 됐지." 그는 새 담배에 불을 붙였다. "내일 경찰서에 들러서 진술서 하나 쓰겠어?"

나는 그보다 더 좋은 생각이 있다고 말했다. 나는 셰리의 타자기로 모든 사실을 적재적소에 배치한 짧은 진술서를 하나 쳐냈다. 히니는 그 진술서를 읽어보고 고개를 끄덕였다.

"양식은 제대로 알고 있네. 덕분에 시간이 많이 절약됐어."

내가 타자로 친 진술서에 서명하자, 히니가 그 진술서를 자기 클립보드에 끼운 서류들 속에 첨부했다. 그리고 그 서류들을 휙 휙 넘겨보다가 말했다.

"이 사람 부인은 어디 있지? 웨스트체스터. 젠장. 그쪽 경찰에 전화해서 남편이 죽었다고 말하는 재미를 양보해야겠군."

나는 프레이저에게 맨해튼에 사는 딸이 있다는 정보를 말해주려다 제때 입을 다물었다. 그건 내가 알 만한 정보가 아니었다. 우리는 악수를 했고, 히니는 핀치가 돌아왔으면 좋겠다고 했다.

"그 자식이 또 한 건 한 거야. 그럴 거라고 예상했겠지. 여기서 삽질하지 않으려고 꼼수를 부린 거지. 정말 그랬을 거야. 그 자식 진짜 검둥이라면 껌벅 죽는다니까."

"갔다 오면 다 털어놓겠지."

"항상 그래."

13장

나는 술집에 갔지만, 연거푸 두 잔을 삼킬 정도로 머물렀다. 시간 때문에 그랬다. 술집들은 새벽 4시까지 열지만, 대부분의 교회들은 오후 6시나 7시가 되면 문을 닫는다. 나는 렉싱턴 애비뉴로 걸어가서 전에 가 봤는지 기억이 나지 않는 성당을 하나 발견했다. 성당 이름엔 관심을 두지 않았다. 아마, 영원한 무슨무슨 성모 같은 이름이었을 것이다.

성당에서는 일종의 미사를 드리고 있었지만, 거기에는 신경 쓰지 않았다. 나는 양초를 몇 자루 켜고 현금함에 몇 달러를 쑤셔 넣은 후에, 뒤쪽에 앉아서 조용히 세 사람의 이름을 계속 말했다. 제이컵 자블런, 헨리 프레이저, 에스트렐리타 리베라, 세 개의 이름, 죽은 세 사람을 위한 촛불 세 자루.

에스트렐리타 리베라를 총으로 쏴서 죽인 후 가장 힘들었던 시절, 그날 밤 일어났던 일이 머릿속에서 계속 떠오르는 걸 도저히 멈출 수 없었다. 마치 익살스러운 영사 기사가 필름을 거꾸로 돌려서 총알을 다시 총에 집어넣는 것처럼 계속해서 시간을 되돌려 그 사건의 결말을 바꿨다. 내가 현실에 겹쳐 놓고 싶었던 새버전에서는, 내가 쏜 총알들이 모두 목표를 맞혔다. 그 속에서는 벽에 맞았다가 스치고 튀어 나가는 총알도 없고, 그런 총알이 있다 해도 아무도 맞히지 않은 채 다른 곳에 박히거나, 에스트렐리타가 사탕 가게에서 박하사탕을 고르느라 시간을 더 끌어서 잘못된 시간에 잘못된 장소에 있지 않았고, 또⋯⋯.

고등학교 때 읽어야 했던 시가 하나 있었는데 좀체 머릿속에서 떠나질 않아서 어느 날 도서관에 가서 읽어 봤다. 오마르 카이얌의 4행시였다.

움직이는 손가락이 쓴 글은 영원히 존재한다.
너의 모든 독실함과 기지를 모아도
한 행의 절반도 지우지 못하며,
너의 모든 눈물로도 단어 하나 씻어 낼 수 없다.

나는 에스트렐리타 리베라가 죽은 게 내 탓이라 생각하려고 무진 노력했지만, 어떤 면에선 그게 그렇지가 않았다. 난 분명 술을 마시고 있었지만, 많이 마신 것도 아니었고, 그날 밤 내 전반적인 사격술은 흠잡을 데가 없었다. 그리고 내가 강도들을 쏜 건 정당한 행위였다. 그들은 무장을 한 데다 이미 한 사람을 죽이고 도주 중이었고, 내 사격 방향에는 민간인이 하나도 없었다. 다만 내가 쏜 총알 중 하나가 벽에 맞고 튀어나간 것이다. 근무 중에는 그런 일도 일어나기 마련이었다.

경찰을 그만둔 이유 중 하나는 그런 일들이 일어날 가능성이 계속 존재하기 때문이었다. 올바른 이유로, 옳지 못한 일들을 할 수 있는 그런 상황에 처하고 싶지 않았다. 내가 그렇게 결심했기 때문인지는 몰라도 목적이 수단을 정당화하진 않으며 그렇다고 수단이 목적을 정당화하지도 않는다는 말은 사실일 것이다.

그런데 이번에 나는 의도적으로 헨리 프레이저가 자살하게 프로그램을 짰다.

물론 실제로 그렇게 생각하는 건 아니었다. 하지만 그렇다고 달라지는 건 별로 없었다. 난 프레이저에게 압력을 넣어 두 번째 살인을 시도하도록 조장하고 말았는데, 내가 그렇게 하지 않았다면 그는 결코 그런 일을 하지 않았을 것이다. 프레이저는 스피너를 죽였지만, 내가 그냥 스피너의 봉투를 없애버렸다면 프레이저가 다시 살인을 할 필요도 없었을 것이다. 하지만 내가 그에게 살인을 시도할 이유를 제공했고, 그는 그렇게 시도했다가 실패해서 충동적이건 의도적이건 궁지에 몰려 자살을 선택한 것이다.

난 그 봉투를 없애버릴 수도 있었다. 난 스피너와 계약한 적이 없었다. 그저 그에게서 연락이 오지 않으면 봉투를 열어 보는 데만 동의했다. 그에게서 받은 3000달러의 10분의 1만 교회에 내는 대신에 몽땅 다 내버릴 수도 있었다. 그 돈이 필요하긴 했지만, 그렇게 절실하게 필요하진 않았다.

하지만 스피너는 내기를 했고, 그 내기의 승자는 스피너로 드러났다. 그는 이렇게 자세하게 설명해 놨다.

'왜 자네가 이 일을 끝낼 거라고 생각했냐면 자네에 대해 아주 오래전에 눈치 챈 점이 있어서야. 자네가 살인과 다른 범죄들 사이에 차이가 있다고 생각한다는 걸 우연히 알게 됐어. 나도 그래. 난 평생 나쁜 짓을 하며 살아왔지만 한 번도 남을 죽인 적도 없고 앞으로도 그러지 않을 거야. 난 확실히, 혹은 소문에 듣기에 살인을 저지른 사람들을 알고 있는데 그들과는 결코 가깝게 지내지 않아. 나란 사람이 원래 그런데·내가 생각하기에 자네도 그런 사람이야…….'

난 아무 짓도 안 할 수도 있었는데 그랬다면 헨리 프레이저가 시체 담는 자루에 들어갈 일도 없었을 것이다. 하지만 살인과 다른 범죄들은 엄연히 달랐다. 내가 아무 짓도 하지 않았다면 헨리 프레이저가 자유로워지는 것처럼, 살인자를 처벌하지 않는다면 세상은 더 끔찍한 곳이 될 것이다.

다른 방법이 있었어야 했다. 총알이 튕겨 나가서 그 어린 소녀의 눈에 들어가지 말아야 했던 것처럼 말이다. 그 모든 사실을 움직이는 손가락에 말해 보라.(오마르 카이얌의 시에서 '움직이는 손가락'은 운명을 상징한다 ― 옮긴이)

아직 예배를 하는 도중에 성당에서 나와 버렸다. 아무 생각 없이 몇 블록 걷다가 블라니 스톤에 멈춰 술의 성찬식에 참석했다.

기나긴 밤이었다.

아무리 버번을 마셔도 취하지 않았다. 나는 수많은 술집을 전전했는데, 가는 곳마다 눈에 거슬리는 사람이 있어서였다. 거울에 그 남자가 계속 보였는데 가는 곳마다 있었다. 아마도 그렇게 끊

임없이 돌아다닌 데다 불안한 마음에 취하기도 전에 술기가 가시는 것 같았고, 걸어 다니면서 보낸 시간은 차라리 한곳에서 죽치고 앉아 마셨더라면 더 유익하게 보낼 수 있었던 시간이었다.

내가 골랐던 술집들은 비교적 말짱한 정신으로 있을 수 있는 특징이 있었다. 난 대개 조용하고 어두운 술집에서 마시는데, 그런 곳은 한 샷에 60밀리리터를 따라 주고, 주인을 잘 알면 90밀리리터를 따라 주는 곳이다. 오늘 밤은 블라니 스톤과 화이트 로즈에 갔다. 술값은 많이 쌌지만, 술잔들이 작았고, 30밀리리터 어치 돈을 내면 꼭 그만큼만 따라 줬다. 그마저도 30퍼센트 정도 물을 탄 술을 내줬다.

브로드웨이에 있는 어떤 술집에서는 농구 게임을 틀어놓고 있었다. 나는 대형 컬러텔레비전으로 4쿼터를 봤다. 4쿼터가 시작됐을 때 닉스가 한 점 뒤지고 있었는데, 결국엔 12점인가 13점 차로 졌다. 보스턴 셀틱스와 치르는 4번째 경기였다.

내 옆에 있는 남자가 말했다.

"내년에는 루카스와 드부셔까지 보내고, 리즈의 무릎은 여전히 부실할 것이고, 클라이드는 아예 뛰지도 못할 텐데, 그럼 대체 우리는 어떻게 되는 거죠?" 나는 고개를 끄덕였다. 일리가 있는 말이었다. "심지어는 3쿼터 마지막에도 동점이었다가, 코웬스가 들어가고 그 뭐시긴가 하는 선수가 파울을 다섯 개나 했는데도, 골을 못 넣다니. 대체 골을 넣겠다는 생각이나 있는지 모르겠네, 안 그래요?"

"내 잘못이에요."

"네에?"

"내가 게임을 보기 시작했을 때부터 망하기 시작했으니까. 내 잘못이 분명하죠."

그는 나를 위아래로 한 번 쓱 훑어보더니 한 걸음 뒤로 물러섰다. 그리고 말했다.

"진정해요. 난 별 뜻 없이 한 말이에요."

하지만 그는 내 의중을 잘못 읽었다. 난 정말 아주 심각하게 한 말인데.

난 결국 암스트롱으로 갔다. 거기는 완벽하게 훌륭한 술을 따라 주지만, 그때쯤에는 나도 미각을 잃어버렸다. 나는 커피 한 잔을 가지고 구석 자리에 앉았다. 손님이 별로 없이 조용한 밤이었고, 트리나는 내 옆에 앉을 시간이 있었다.

트리나가 말했다.

"내가 눈을 부릅뜨고 지켜보고 있었는데. 그 사람은 코빼기도 안 보였어요."

"뭔 소리야?"

"그 카우보이 말이에요. 그 남자가 오늘 밤에 안 왔다는 걸 사랑스럽게 돌려 말한 거라고요. 내가 열혈 부관처럼 감시해야 했던 거 아니에요?"

"아, 그 말보로맨. 오늘 밤 본 것 같은데."

"여기서?"

"아니, 아까. 오늘 밤 그림자들이 많이 보였어."

"무슨 일 있었어요?"

"응."

"이봐요." 트리나는 내 손 위에 자기 손을 올려놓고 말했다. "무슨 일이에요, 자기?"

"촛불을 켜 줘야 할 사람들이 자꾸 생기네."

"무슨 말인지 모르겠어요. 취한 건 아니죠, 매튜?"

"안 취했어, 하지만 노력은 했어. 오늘은 운이 안 따라 주네."

나는 커피를 몇 모금 마시고 나서, 컵을 체크무늬 테이블보 위에 내려놨다. 그리고 스피너의 은화(수정한다, 내 돈을 주고 산 내 달러.)를 꺼내서 돌렸다. 그리고 말했다.

"어젯밤 누군가 날 죽이려고 했어."

"세상에! 이 근처에서요?"

"여기서 몇 집 지나서."

"당신이 이런 것도 다……."

"아니야, 그게 아니야. 오늘 오후에 복수를 해 줬어. 내가 어떤 남자를 죽였거든." 난 트리나가 내 손에 얹은 자신의 손을 뗄 것이라고 생각했지만, 그녀는 그러지 않았다. "정확해 말해서 죽인 건 아니야. 그 사람이 자기 입안에 권총을 찔러 넣고 방아쇠를 당겼어. 작은 스페인제 권총, 캐롤라이나 주에서 트럭으로 어마어마하게 싣고 오는 권총 말이야."

"왜 그 사람을 죽였다고 말했어요?"

"내가 그 남자를 어떤 방에 넣었는데 권총만이 그 방에서 나올 수 있는 유일한 문이었거든. 그 남자가 거기서 나오지 못하게 내가 막은 거야."

트리나는 차고 있던 손목시계를 봤다.

"오늘은 기분 전환도 할 겸 일찍 퇴근할 수 있어요. 30분 일찍 갔다고 지미가 고소하겠다면, 하라고 하죠."

트리나는 두 손을 목 뒤로 가져가서 앞치마를 끌렀다. 그러자
풍만한 가슴이 한층 더 강조됐다.

트리나가 말했다.

"집에 데려다 줄래요, 매튜?"

우리는 지난 몇 달간 외로움을 달래려고 몇 번 서로를 이용했
다. 우리는 잠자리 안에서나 밖에서나 서로를 좋아했고, 둘 다 이
런 만남이 장차 어떤 식으로든 발전할 수 없을 것이라는 걸 아는
데서 오는 크나큰 안정감을 느끼고 있었다.

"매튜?"

"내가 오늘 밤은 당신에게 별 도움이 못 될 거야, 아가씨."

"집에 가는 길에 노상강도로부터 지켜 줄 수 있잖아요."

"내 말이 무슨 뜻인지 잘 알잖아."

"그럼요, 탐정 나리. 하지만 당신은 내 말이 무슨 뜻인지 모르
고 있어요."

트리나는 집게손가락으로 내 뺨을 만졌다.

"어쨌든 오늘 밤 당신은 내 곁에도 못 오게 할 거예요. 당신 수
염 좀 깎아야 해요."

그녀의 표정이 부드러워지면서 미소가 떠올랐다.

"난 지금 당신에게 커피 한 잔과 함께 같이 있어 주겠다는 제안
을 하고 있는 거예요. 그건 당신도 괜찮아할 거라고 생각하는데."

"그건 그렇지."

"소박한 커피 한 잔과 옆에 있어 주기."

"좋아."

"차와 동정이 아니에요. 그딴 건 아니라고요."

"그냥 커피와 옆에 있어 주는 거."

"맞아요. 이게 당신이 오늘 받은 제안 중에서 최고의 제안이라고 말해 봐요."

"맞아. 하지만 그 정도로는 도저히 표현할 수 없을 정도야."

트리나는 커피를 아주 훌륭하게 끓였고, 거기다 맛을 내기 위해 버번위스키까지 같이 내놓았다. 내가 이야기를 끝냈을 때 1파인트였던 위스키는 거의 비어 있었다.

나는 트리나에게 대부분 이야기했다. 에스리지나 휘샌들 이야기라고 눈치 챌 수 있는 부분은 뺐고, 헨리 프레이저의 나긋나긋하고 작은 비밀에 대해서도 자세히 설명하지 않았다. 헨리 프레이저의 이름도 말하지 않았지만, 트리나가 조간신문을 읽어 보는 수고를 했다면 이미 추론해 냈을 것이다.

이야기를 끝냈을 때 트리나는 몇 분 동안 앉아서, 고개를 한쪽으로 기울이고, 눈을 반쯤 감고 있었고, 물고 있던 담배에서 연기가 위로 천천히 올라가고 있었다. 한참 있다가 트리나는 내가 어떻게 달리 행동할 수 있었을지 모르겠다고 말했다.

"그러니까 당신이 어떻게든 그 사람에게 당신이 공갈범이 아니라는 걸 알렸다고 쳐요, 매튜. 당신이 증거를 조금 더 모아서 그 사람에게 갔다고 치자고요. 당신은 어차피 그 사람이 저지른 범죄를 공개했을 거잖아요, 안 그래요?"

"어떻게 해서든 그랬겠지."

"그 사람이 자살한 이유는 그게 공개될까 봐 두려워서 그런 거

고. 당신이 공갈범이라고 생각했을 때 그렇게 했죠. 만약 당신이
자길 경찰에게 넘길 걸 그 사람이 알았다면, 여전히 같은 결정을
하지 않았겠어요?"

"그럴 기회가 없었을지도 몰라."

"뭐 그렇기도 하지만, 어쩌면 그 사람에게 그럴 기회가 있었던
게 더 나았던 건지도 몰라요. 아무도 그 사람에게 그런 선택을 하
라고 강요하지 않았어요. 그건 그 사람이 한 결정이에요."

난 그 점을 생각해봤다.

"그래도 여전히 잘못된 점이 있어."

"그게 뭐죠?"

"나도 정확히는 모르겠어. 뭔가 잘못됐어."

"당신은 그저 죄책감을 느낄 뭔가가 필요한 것뿐이에요."

트리나가 한 말이 정곡을 찔러서 내 표정에 드러났다 보다. 내
얼굴을 본 트리나의 얼굴이 창백해졌으니까.

"미안해요. 매튜, 정말 미안해요."

"뭐가 미안해?"

"난 그냥, 알잖아요, 까불고 있었던 것뿐인데."

"농담 속에 진담이 있지." 나는 일어섰다. "아침이 되면 상황이
더 나아 보일 거야. 대개 그렇잖아."

"가지 말아요."

"커피도 마셨고, 자기가 옆에 있어 줬잖아. 둘 다 고맙게 생각
해. 이제 난 집에 가는 게 좋겠어."

그녀는 고개를 흔들었다.

"그냥 여기서 자요."

"전에도 말했잖아, 트리나."

"당신이 말한 거 알아요. 나도 사실 꼭 하고 싶은 마음은 없어요. 하지만 혼자 자긴 정말 싫어요."

"내가 잘 수 있을지 모르겠어."

"그럼 내가 잠이 들 때까지 안아 줘요. 제발, 자기?"

우리는 함께 침대에 가서 서로 껴안았다. 어쩌면 버번위스키가 마침내 효력을 발휘하기 시작한 건지, 아니면 내가 생각보다 훨씬 더 지쳐 있었는지 모르겠지만, 그녀를 안고 잠이 들었다.

14장

아침에 일어나자 머리는 욱신거리고 목 뒤쪽에서 쓴맛이 올라왔다. 트리나의 베개 위에 아침을 차려 먹고 가라고 쓴 쪽지가 있었다. 내가 넘길 수 있었던 유일한 아침은 위스키밖에 없어서 그걸 마시고, 트리나의 약장에서 꺼낸 아스피린 두 알을 삼키고 아래층에 있는 델리 카트슨에서 형편없는 커피 한 잔을 마시자, 기분이 좀 나아졌다.

날은 화창했고 공기 오염도 평소보다 덜했다. 실제로 하늘을 볼 수 있었다. 호텔로 돌아가는 길에 신문을 한 부 샀다. 정오가 다 된 시간이었다. 평소엔 이렇게 늦게까지 자지 않는데.

베벌리 에스리지와 시어도어 휘샌들에게 전화해야 했다. 그들에게 이제 덫에서 풀려났다는 걸, 사실 처음부터 그런 덫은 존재하지 않았다는 걸 알려 줘야 했다. 둘이 어떤 반응을 보일지 궁금했다. 아마 안도하는 한편으로 속아 넘어간 것에 화도 날 것이다. 뭐, 그건 그 사람들 문제고. 난 내 문제만으로도 차고 넘치니까.

분명 그들은 직접 만나야 할 것이다. 도저히 전화로는 그런 이야기를 할 수 없다. 둘과의 만남은 기대가 안 됐지만, 그 만남들을 해치우는 건 기대가 됐다. 짧은 전화 두 통과 짧은 만남 두 개를 끝내면 다시는 둘 다 보지 않아도 된다.

나는 데스크에 들렀다. 내 앞으로 온 우편물은 없었지만, 전화 메시지가 하나 있었다. 스테이시 프레이저가 전화했는데 가능한 빨리 연락해 달라고 번호를 남겼다. 내가 라이언스 헤드에서 걸었던 바로 그 번호였다.

방에 들어와서 《뉴욕 타임스》를 꼼꼼히 살펴봤다. 프레이저는 2단 제목 밑의 부고란에 나왔다. 자신이 쏜 총에 맞아 사망한 것으로 보인다는 사망 기사였다. 그건 맞는 말이었다. 나는 기사에 언급되지 않았다. 프레이저의 딸이 여기서 내 이름을 알게 됐을지도 모른다고 생각했는데. 그러다 다시 그 메시지를 봤다. 스테이시는 어젯밤 9시경에 전화했는데, 《뉴욕 타임스》 초판은 밤 11시나 12시가 돼야 가판대에 나온다.

그렇다면 스테이시는 경찰에게서 내 이름을 알게 됐을 것이다. 아니면 그 전에 아버지에게서 들었거나.

나는 수화기를 들었다가 다시 내려놨다. 스테이시 프레이저와 별로 이야기하고 싶지 않았다. 그녀에게서 무슨 말을 듣고 싶은지 상상할 수도 없거니와, 그녀에게 하고 싶은 말도 없다는 걸 난 알고 있었다. 아버지가 살인자였다는 사실을 스테이시가 나나 다른 사람에게서 들을 일은 없었다. 스피너 자블런은 내게 돈을 주고 산 복수를 했다. 그를 제외한 다른 사람들에게, 스피너 사건은 영원히 미제로 남게 될 수 있다. 경찰은 누가 스피너를 죽였는지 관심 없었고, 나도 그들에게 말해야 할 의무가 있다고 느끼지 않았다.

난 다시 수화기를 들어서 베벌리 에스리지에게 전화했다. 통화 중이었다. 전화를 끊고 이번에는 휘샌들의 사무실에 걸어 봤다. 휘샌들은 점심을 먹으러 나갔다. 몇 분 기다렸다가 다시 에스리지에게 걸어 봤는데 여전히 통화 중이었다. 나는 침대에 몸을 쭉 뻗고 누워서 눈을 감았는데, 전화벨이 울렸다.

"스커더 씨세요? 전 스테이시 프레이저라고 합니다." 젊고 성실한 목소리였다. "전화를 받지 못해서 죄송해요. 어젯밤에 전화 드린 후에 기차를 타게 됐거든요. 어머니 옆에 있어 드리려고요."

"몇 분 전에 메시지 받았습니다."

"그러시군요. 저기, 저랑 이야기 좀 하실 수 있나요? 전 지금 그랜드 센트럴 역에 있는데, 선생님을 뵈러 제가 선생님 호텔로 갈 수도 있고, 아니면 선생님이 정하시는 곳에서 뵐 수도 있고요."

"제가 뭘 도울 수 있을지 잘 모르겠는데요."

잠시 침묵이 흘렀다. 그러다 그녀가 입을 열었다.

"도와주실 수 없을지도 몰라요. 저도 모르겠어요. 하지만 생전의 아버지를 마지막으로 만난 분이 선생님이라, 그래서."

"전 어제 아버님을 보지도 못했습니다, 프레이저 양. 그 일이 일어났을 때 아버님을 만나려고 기다리고 있었죠."

"네, 그렇죠. 하지만 실은…… 있죠, 괜찮으시다면, 꼭 선생님을 뵙고 싶어요."

"혹시 전화로 도울 수 있는 일이라면."

"만나 주실 순 없나요?"

난 스테이시에게 내 호텔이 어디 있는지 아냐고 물었다. 스테이시는 안다고 대답했고, 10분에서 20분 사이에 도착할 수 있는데, 도착하면 로비에서 전화하겠다고 말했다. 나는 전화를 끊고 스테이시가 어떻게 내 연락처를 구했는지 궁금해했다. 내 번호는 전화번호부에 나와 있지 않다. 그리고 그녀가 스피너 자블런에 대해 알고 있는지, 그리고 나에 대해 알고 있는지도 궁금했다. 만약 말보로맨이 그녀의 남자친구라면, 그리고 그녀가 그 계획에 가담했었다면…….

그랬다면, 스테이시가 자기 아버지 죽음에 내 책임을 물을 거라고 생각하는 게 이치에 맞았다. 난 그 주장에 반박조차 할 수 없었다. 나 스스로 죄책감을 느끼고 있으니까. 하지만 스테이시가 핸드백에 작고 귀여운 권총을 가지고 있으리라곤 사실 믿을 수 없었다. 난 히니에게 텔레비전을 너무 많이 본다고 놀렸다. 나도 텔레비전은 별로 안 보는데.

스테이시는 15분 만에 호텔에 도착했다. 그동안 다시 베벌리 에스리지에게 전화해 봤지만, 또 통화 중이었다. 그리고 스테이시가 로비에서 전화를 걸었기에 아래층으로 만나러 내려갔다.

스테이시는 곧게 뻗은 길고 검은 머리를 가운데 가르마로 타서 늘어뜨리고, 키가 훤칠하게 크고 호리호리한 몸매에 좁고 긴 얼굴과 검고 깊은 눈동자의 아가씨였다. 그녀는 깨끗하고 고급스런 청바지와 단순한 흰색 블라우스 위에 라임그린 카디건 스웨터를 받쳐 입었다. 핸드백은 또 다른 청바지의 다리를 잘라 만든 것이었다. 그 속에 총이 있을 가능성은 없다고 판단했다.

우리는 서로 매튜 스커더와 스테이시 프레이저임을 확인했다. 커피를 마시자는 내 제안에 우리는 레드 플레임에 가서 칸막이 자리에 앉았다. 커피가 나온 후에, 스테이시에게 아버님 일은 매우 유감이지만 아직도 왜 날 만나고 싶어 했는지 이해가 안 된다고 말했다.

스테이시가 말했다.

"아버지가 왜 목숨을 끊으셨는지 모르겠어요."

"저도 모릅니다."

"그런가요?"

스테이시의 시선이 내 얼굴에서 답을 찾으려 했다. 난 몇 년 전 그녀의 모습을 상상해 보려고 했다. 마리화나를 피우고, 환각제를 먹고, 아이를 차로 치고 당황한 나머지 자신이 저지른 범죄 현장에서 뺑소니치는 그 모습. 그 이미지와 지금 포마이카 테이블을 사이에 두고 내 앞에 앉아 있는 그녀의 이미지는 전혀 일치가 되지 않았다. 지금은 정신을 바짝 차리고 집중하고 있는, 책임감 있는 모습이었다. 아버지의 죽음에 상처를 받긴 했지만 그 상처를 극복할 수 있을 정도로 강해 보였다.

스테이시가 말했다.

"선생님은 탐정이시죠?"

"그런 셈이죠."

"그게 무슨 뜻인가요?"

"전 프리랜서로 개인적인 일을 맡고 있습니다. 말처럼 흥미로운 일은 아니지만요."

"제 아버지를 위해 일하고 계셨나요?"

나는 고개를 흔들었다.

"전 부친을 지난주에 한 번 만났어요." 나는 그렇게 말하고 다시 짐 히니에게 했던 거짓말을 반복했다. "그러니까 사실 부친을 전혀 모르는 거죠."

"그거 참 묘한 일이네요."

그녀는 커피를 젓고 나서 설탕을 좀 더 넣더니, 다시 저었다. 그리고 한 모금 마시고 나서 다시 잔을 받침 위에 올려놨다. 난 그게 왜 묘한 일이냐고 물었다.

스테이시가 말했다.

"아버지를 그제 밤에 만났어요. 수업을 마치고 아파트에 왔더니 기다리고 계시더군요. 아버지가 날 데리고 밖에 나가서 저녁을 사 주셨어요. 일주일에 한두 번 그렇게 하세요. 하지만 대개는 먼저 전화를 하셔서 약속을 잡죠. 아버진 갑자기 제가 보고 싶으셔서 제가 집에 올지 안 올지도 모르면서 한번 와 봤다고 하셨어요."

"그랬군요."

"아버진 기분이 아주 안 좋으셨어요. 이게 맞는 표현인지 모르겠네요. 아버진 불안해하시고, 무슨 이유에선지 불안정해 보이셨어요. 아버진 항상 변덕이 심하셔서, 일이 잘될 땐 활력이 넘치시다가, 그렇지 못할 땐 무척 우울해하셨죠. 제가 처음 이상 심리학을 시작하면서 조울증을 연구하게 됐을 때 아버지가 아주 많이 떠올랐어요. 아버지가 정신이상이라는 말이 아니라, 조울증처럼 기분이 극적으로 변화했단 말이에요. 그렇다고 해서 그런 점이 생활에 영향을 미치진 않았어요. 단지 성격이 그러셨던 거죠."

"부친이 그제 밤에 우울해하셨나요?"

"우울하다는 말로는 표현할 수 없을 정도였어요. 우울해하시면서 동시에 마치 각성제를 드신 것처럼 지나치게 초조해하셨어요. 아버지가 마약에 대해 어떻게 생각하는지 잘 몰랐다면 암페타민을 좀 드신 게 아닌가 생각했을 거예요. 제가 몇 년 전에 마약을 한 적이 있는데 그때 아버지가 마약에 대해 어떻게 생각하시는지 확실하게 밝히셨거든요. 그래서 아버지가 그런 쪽으로 뭔가 했다고는 사실 생각하지 않았어요."

스테이시는 커피를 좀 더 마셨다. 아니, 그녀의 핸드백에 권총은 없었다. 스테이시는 아주 솔직한 아가씨였다. 그녀에게 권총이 있었다면 곧바로 썼을 것이다.

스테이시가 말했다.

"우린 근처에 있는 중국 레스토랑에서 저녁을 먹었어요. 어퍼웨스트사이드에 있는데, 제가 거기 살거든요. 아버진 음식에 거의 손도 안 대셨어요. 전 무척 배가 고팠지만, 아버지 분위기가 심상치 않아서 저도 많이 못 먹겠더라고요. 아버진 두서없이 이 이야기 저 이야길 하셨어요. 저에 대해서 걱정이 많으셨죠. 몇 번이나 이제는 마약을 안 하냐고 물어보셨어요. 전 마약을 하지 않아요. 아버지에게도 그렇게 말씀드렸죠. 아버진 제 수업에 대해서도 물어보셨어요. 지금 듣고 있는 수업 내용은 마음에 드는지, 앞으로 먹고 살 일에 대비해 진로를 잘 정한 것 같은지 물어보시더군요. 사귀는 사람은 없냐고 물어보시기에 없다고, 진지하게 만나는 사람은 없다고 대답했죠. 그다음에 아버지가 선생님을 아냐고 물어봤어요."

"그러셨어요?"

"네. 전 제가 아는 스커더는 스커더 폴스 다리밖에 없다고 대답했죠. 아버진 저에게 선생님이 있는 호텔에 가 본 적이 있냐고 물어보셨어요. 호텔 이름을 말해 주시면서 거기 가 본 적이 있냐고 물어보셨죠. 그래서 가 본 적 없다고 대답했어요. 아버진 선생님이 바로 그 호텔에서 사신다고 했어요. 무슨 의도로 그런 이야기를 하신 건지 사실 이해가 안 됐죠."

"저도 그런데요."

"아버진 1달러 은화를 돌리는 남자를 만난 적이 있냐고 물어보셨어요. 25센트 동전을 꺼내서 테이블 위에 올려놓고 돌리시면서 은화로 이렇게 하는 남자를 본 적이 있냐고요. 난 없다고 대답하고, 괜찮으시냐고 물었죠. 아버진 괜찮다고 하시고, 당신에 대해선 걱정하지 말아야 한다고 하셨어요. 당신에게 무슨 일이 생기더라도 전 괜찮아야 하고 걱정하지 말아야 한다고요."

"그래서 더 걱정됐군요."

"당연하죠. 전 두려웠어요…… 모든 게 다 두려웠고, 그런 것들을 생각하는 것조차 무서웠어요. 예를 들어 아버지가 병원에 갔다가 건강이 안 좋은 걸 알게 되신 건지도 모른다는 생각을 했죠. 그래서 아버지가 항상 다니는 의사 선생님에게 전화를 했어요. 어젯밤 전화를 했는데, 작년 11월에 매년 받는 건강 진단을 받으신 후로 다녀가지 않으셨다고 하더군요. 그리고 혈압이 조금 높은 거 말고는 문제가 없다고 하셨어요. 물론, 아버지가 다른 의사를 찾아갔을 수도 있죠. 부검에서 나오기 전까지는 알 길이 없죠. 이런 경우에는 부검을 해야 한다고 하더군요. 스커더 씨?"

나는 그녀를 바라봤다.

"경찰에서 전화가 와서 아버지가 자살하셨다는 걸 알았을 때, 전 놀라지 않았어요."

"예상하고 있었나요?"

"의식적으로 그런 건 아니에요. 정말 예상한 건 아니지만, 그 소식을 들었을 때, 모든 정황이 맞아떨어지는 것 같았어요. 어떤 식으로든, 아버지가 돌아가시려고 한 걸 제게 말하려고 한 걸 알고 있었던 것 같아요. 돌아가시기 전에 마무리를 하려고 하신 거죠. 하지만 왜 그러신 건지 그걸 모르겠어요. 그러다 아버지가 자살하셨을 때 선생님이 거기 계셨다는 말을 듣고, 아버지가 저에게 선생님을 아냐고 물었던 게 기억났어요. 그래서 선생님이 이 일에 어떻게 관여하게 됐는지 궁금했죠. 아마 아버지에게 무슨 문제가 있었는데 선생님이 아버질 위해 그걸 조사하고 있었을 거란 생각을 했어요. 경찰이 선생님이 탐정이라고 그랬거든요. 전 궁금했죠…… 전 정말 아버지가 왜 그러셨는지 이해가 되질 않았고, 선생님이 탐정이라는 말을 들으니까, 그래서…… 대체 이게 다 무슨 일인지 정말 이해가 되질 않았어요."

"부친이 왜 제 이름을 거론하셨는지 짐작이 가질 않는군요."

"정말 아버지를 위해 일하지 않으셨나요?"

"아뇨. 그리고 전 부친과 별 관계가 아니었습니다. 그저 다른 사람의 신원조회 문제로 확인할 게 있었던, 아주 가벼운 관계였죠."

"그렇다면 납득이 가질 않는군요."

나는 찬찬히 생각해 봤다.

"지난주에 잠시 이야기를 나누긴 했습니다. 제가 말한 것 중 뭔가가 아버님의 생각에 특별한 영향을 미쳤던 것 같습니다. 그게 뭔지는 알 수 없지만, 그날 이런저런 이야길 많이 했거든요. 그 와중에 저는 의식하지 못한 사이에 부친이 뭔가 알게 됐을지도 모르죠."

"그걸로 설명이 될 것 같군요."

"다른 이유는 도저히 생각해 낼 수가 없습니다."

"그러고는, 그게 뭐든 간에, 아버지의 머릿속에서 떠나질 않았어요. 그래서 아버지가 선생님 이야길 하신 거죠. 차마 선생님이 한 이야기나 그 이야기가 아버지에게 무슨 의미가 있는지는 제게 말하실 수 없었으니까. 그다음엔 아버지 비서가 선생님이 회사를 찾아온 게 아버지가 어떤 생각을 하신 계기가 된 게 틀림없다고 말했고. 계기라는 말, 참 흥미로운 단어 선택 아닌가요?"

내가 왔다고 비서가 알린 것, 그게 계기가 됐다. 거기에는 의문의 여지가 없었다.

"1달러 은화에서는 도저히 아무것도 알아낼 수 없었어요. 그게 노래에 대한 게 아니라면 말이죠. '술집 바닥에선 1달러 은화를 돌릴 수 있지, 동전은 동그래서 빙글빙글 돌아가거든.' 다음 가사가 뭐죠? 그 남자를 잃기 전까지는 옆에 있는 남자가 얼마나 좋은 남자인지 여자는 모른다는 그런 말인 것 같은데. 어쩌면 아버지가 지금 모든 것을 잃어 가고 있다는 뜻이었는지도 모르겠어요. 아버지 마음을 헤아려 보자면, 아무래도 돌아가시기 전에 정신이 맑진 않으셨던 것 같기도 해요."

"심한 스트레스를 받고 계셨겠죠."

"그런 것 같아요." 그녀는 잠시 눈길을 돌렸다가 다시 입을 열었다. "아버지가 선생님에게 저에 대한 이야기는 한 마디도 안 하셨나요?"

"안 하셨습니다."

"확실한가요?" 나는 심사숙고하는 척하다가, 확실하다고 말했다. "전 그저 제가 아주 잘 살고 있다는 사실을 아버지가 아셨으면 해서요. 그게 다예요. 아버지가 자살하셔야 했다면, 자살해야 한다고 생각하셨다면, 적어도 전 잘 있다는 걸 아셨으면 하는 마음에."

"분명 아셨을 겁니다."

스테이시는 경찰이 전화해서 이야기를 한 후 힘든 일들을 많이 겪고 있었다. 사실은 그보다 훨씬 전부터, 아버지와 중국 레스토랑에서 저녁을 먹은 후부터. 그리고 지금도 여러모로 어려운 시간을 보내고 있었다. 하지만 그녀는 울음을 터트리지 않았다. 그녀는 울보가 아니라 강한 사람이었다. 프레이저에게 딸의 그런 강한 면모의 반만 있었더라도, 자살을 할 필요가 없었을 것이다. 애초에 스피너가 찾아왔을 때 꺼지라고 말했을 것이고, 협박을 당해서 돈을 주는 일도 없었을 것이고, 스피너를 죽이는 일도 없었을 것이고, 또다시 살인을 하려고 시도할 필요도 없었을 것이다. 스테이시는 생전의 프레이저보다 훨씬 더 강했다. 그렇게 강한 사람이 되려면 자존심이 얼마나 있어야 하는지는 잘 모르겠다. 그런 자존심은 가진 사람과 가지지 못한 사람, 이렇게 두 부류만 세상에 존재할 뿐이다.

내가 말했다.

"그러니까 그게 부친와의 마지막이었군요. 중국 레스토랑에서."

"음, 아버지는 걸어서 제 아파트까지 바래다 주셨어요. 그리고 차를 운전해서 집에 가셨죠."

"그게 몇 시였나요? 당신 아파트에서 나온 시각이."

"잘 모르겠어요. 아마 10시 혹은 10시 30분 정도. 조금 더 늦었을 수도 있고. 그건 왜 물으시죠?"

나는 어깨를 으쓱했다.

"별 이유는 없습니다. 그냥 습관이라고 해 두죠. 전 오랫동안 경찰로 일했습니다. 경찰은 할 말이 다 떨어지면, 습관적으로 질문을 하죠. 어떤 질문인지는 별로 중요하지 않습니다."

"그거 흥미로운데요. 일종의 학습된 반사 작용 같은 거네요."

"그런 용어가 딱 맞겠군요."

스테이시가 한숨을 쉬었다.

"뭐, 이렇게 만나 주셔서 고맙습니다. 제가 선생님 시간을 낭비한 것 같네요."

"제겐 남아도는 게 시간이니 가끔 낭비해도 상관없어요."

"전 그저 제가 뭘 할 수 있었는지 알고 싶었어요…… 그러니까 아버지에 대해서 말이죠. 전 뭔가 아버지가 저에게 남기는 마지막 메시지가 있었을 거라고 생각하고 있었어요. 쪽지라든가, 아버지가 제게 부쳤을 만한 편지라든가. 아마 아버지가 돌아가셨다는 걸 정말 못 믿어서 그런 게 아니라 아버지의 소식을 다시는 들을 수 없다는 게 믿겨지지 않아서 그런 것 같아요. 제 생각엔……, 저, 어쨌든 고맙습니다."

그녀가 내게 고마워하는 건 원하지 않았다. 그녀가 내게 고마워할 이유는 단 하나도 없었다.

한 시간 정도 지난 후에, 베벌리 에스리지와 통화가 됐다. 베벌리에게 만나자고 말했다.

"화요일까지 시간이 있는 줄 알았는데. 기억 안 나?"

"오늘 밤 만나고 싶은데."

"오늘 밤은 불가능해. 아직 돈도 못 만들었고. 1주일 주기로 했잖아."

"다른 일로 보자는 건데."

"뭔데?"

"전화로는 할 수 없는 이야기고."

"못 살겠네. 오늘 밤은 절대 안 된다니까, 매튜. 약속이 있다고."

"남편은 골프 치러 여행 갔다며."

"그렇다고 해서 내가 집을 지키고 있겠단 말은 아니지."

"그 말은 믿음이 가네."

"당신은 정말 나쁜 인간이야. 난 파티 초대를 받았어. 끝내주게 점잖은 파티. 옷을 다 입고 있어야 하는 파티 말이야. 꼭 그렇게 내 얼굴을 봐야겠다면 내일은 나갈 수 있는데."

"봐야 해."

"언제 어디서?"

"폴리 어때? 8시로 하지."

"폴리라. 거긴 좀 싼티 나지 않나?"

"좀 그렇긴 하지."

내가 수긍했다.

"나도 싼티 난다, 그거야?"

"그런 말은 하지 않았어."

"안 했지, 당신은 항상 완벽한 신사니까. 8시에 폴리 바. 거기서 봐."

그녀에게 안심하라고, 게임은 끝났다고 말해 줄 수도 있었지만, 또 하루를 마음 졸이게 내버려 뒀다. 그 정도 마음고생은 할 수 있을 거라고 판단했다. 그리고 올가미에서 풀려났을 때 표정이 어떨지 보고 싶었다. 왜 그런지 이유는 모른다. 아마도 우리가 충돌했을 때 튀는 특별한 스파크 때문인지도 모르겠지만, 그녀가 위기에서 풀려났다는 사실을 알았을 때 그 자리에 있고 싶었다.

휘샌들과 나 사이엔 그런 스파크가 튀지 않았다. 사무실로 전화해 봤는데 연결이 되지 않아서, 직감적으로 집에 해 봤다. 그는 집에 없었지만 그의 아내와 가까스로 통화를 하게 됐다. 난 내일 오후 2시에 그의 사무실로 찾아갈 것이고, 내일 아침 다시 전화를 걸어서 약속을 확인하겠다는 메시지를 남겼다.

"그리고 하나 더 있습니다. 휘샌들 씨에게 걱정할 일은 하나도 없다고 전해 주세요. 일이 잘됐고, 모든 문제가 잘 해결될 거라고 해 주십시오."

"그렇게 말하면 무슨 뜻인지 그이가 아나요?"

"알 겁니다."

나는 잠깐 낮잠을 자고, 한 블록 밑에 있는 프랑스 식당에서 간단하게나마 늦은 요기를 하고, 다시 내 방으로 돌아와 한동안 책을 읽었다. 그러다 일찍 잘 뻔했지만, 11시 정도 되자 내 방이 수도승의 방처럼 평소보다 훨씬 더 갑갑하게 느껴지기 시작했다. 읽고 있던 책이 『성인들의 삶』이라서 그랬는지도 모르겠다.

밖에서는 비가 내릴까 말까 망설이고 있었다. 아직 결정은 못 내린 채. 나는 모퉁이를 돌아서 암스트롱으로 갔다. 트리나가 날 보고 생끗 미소를 짓더니 마실 것을 가져왔다.

난 암스트롱에서 한 시간 정도밖에 머무르지 않았다. 스테이시 프레이저에 대해 생각을 좀 하고, 그녀의 아버지에 대한 생각은 더 많이 했다. 스테이시를 괜히 만났다는 자책이 들었다. 그런 한 편으로, 트리나가 지난 밤에 제시했던 이론에 동의해야 했다. 프레이저에게는 사실 위기를 벗어날 그만의 방법을 선택할 권리가 있었고, 이제 적어도 그의 딸은 아버지가 사람을 죽였다는 사실을 모르고 살게 됐다. 그가 죽었다는 사실은 끔찍하지만, 이보다 훨씬 더 좋게 해결되는 시나리오는 나로선 쓸 수 없었다.

계산서를 갖다 달라고 하자 트리나가 가져와서 내가 지폐를 세는 동안 내 테이블 가장자리에 걸터앉았다.

트리나가 말했다.

"오늘은 기분이 좀 나아 보이네요."

"그래?"

"조금."

"흠, 간만에 아주 푹 잤어."

"그랬단 말이죠? 이상하게 나도 그랬는데."

"잘했어."

"기묘한 우연의 일치네요, 그렇지 않아요?"

"대단한 우연의 일치지."

"세코날보다 더 잘 듣는 수면제도 있다는 게 증명된 거네요."

"하지만 그것도 아껴 써야 해."

"아니면 중독된다는 거죠?"

"그런 셈이지."

내 테이블에서 두 자리 떨어진 곳에 앉은 남자가 트리나를 부르려고 애를 쓰고 있었다. 트리나가 그 남자를 힐끗 보고 나서, 다시 내게 몸을 돌려 말했다.

"그게 습관이 될 일은 없을 것 같은데요. 당신은 너무 노땅이고 난 너무 싱싱하고 당신은 너무 내성적이고 난 너무 정서불안이고 우리 둘 다 괴짜니까."

"지당한 말이야."

"하지만 가끔 한 번씩 하는 건 나쁠 거 없잖아요, 안 그래요?"

"그렇지."

"기분도 좋고."

나는 그녀의 손을 잡고 살짝 힘을 줬다. 트리나는 이내 활짝 미소 짓더니, 내가 테이블에 놔둔 돈을 쓸어 담고, 두 테이블 건너편에 앉아 있는 진상 손님이 뭘 원하는지 보러 갔다. 난 앉아서 한동안 트리나를 지켜보다가, 일어나서 밖으로 나갔다.

이제 차가운 비가 내리면서, 그와 함께 심술궂은 바람이 불어 닥치고 있었다. 바람은 시 외곽 쪽으로 불고 있었고, 난 시내 중심가로 걸어가느라 온몸으로 비바람을 맞았다. 난 머뭇거리면서 다시 안으로 들어가 한잔 더 하면서 좀 잠잠해지길 기다려야 하는 게 아닌가 생각했다. 그랬다가 굳이 그럴 필요까지 없다고 결심했다.

57번가를 향해 걷다가, 의상철학 문간에서 그 노파 걸인을 봤다. 노파의 그런 근면함을 존경해야 할지 아니면 걱정을 해야 할지 알 수 없었다. 그 노파는 대개 이런 날씨엔 밖에 나오지 않았는데. 하지만 최근엔 날씨가 괜찮아서 나왔다가 비를 만난 것 같다는 생각이 들었다.

난 계속 걸으면서, 동전을 찾아보려고 주머니에 손을 넣었다. 노파가 실망하지 않기를 빌었지만, 그렇다고 매일 밤 10달러를 줄 수도 없는 노릇이었다. 그건 내 목숨을 구했을 때만 그런 거지.

난 동전을 준비했고, 내가 손을 뻗었을 때 노파가 문간에서 나왔다. 하지만 그 사람은 노파가 아니었다.

그는 말보로맨이었고, 손에 칼을 쥐고 있었다.

15장

놈은 내게 비호처럼 덤벼들면서 칼을 위쪽으로 휘둘렀는데, 비가 내리지 않았다면 그 칼에 맞았을 것이다. 하지만 운이 좋았다. 말보로맨이 비에 젖은 보도에 발이 미끄러지는 바람에 다시 균형을 잡으려고 날 찌르려다 순간 주춤했고, 그 사이에 난 그를 피해 빠져나와 다음번 공격에 대비할 시간을 벌 수 있었다.

그렇게 오래 기다릴 필요도 없었다. 나는 발꿈치를 들고, 두 팔을 늘어뜨린 채, 손은 따끔거리고, 관자놀이의 맥이 뚝뚝 뛰는 걸 느끼고 있었다. 그는 몸을 좌우로 흔들면서 널찍한 어깨로 덤벼들 듯 말 듯하다 다시 날 향해 덤벼들었다. 난 그의 발을 지켜보고 있어서 준비가 된 상태였다. 그래서 왼쪽으로 피하면서, 몸을 돌려, 그의 무릎을 발로 찼다. 그건 빗나갔지만, 놈이 다시 덤벼들 준비를 하기 전에 자세를 바로 하고 싸울 준비를 했다.

그는 왼쪽으로 돌기 시작하면서, 상대편 선수에게 몰래 접근하려고 하는 권투 선수처럼 빙빙 돌다가 반 바퀴 돌자 거리를 등졌는데, 왜 그런 수를 썼는지 알아챘다. 내가 도망칠 수 없도록 날 막다른 골목으로 몰고 싶었던 것이다.

굳이 그렇게 애쓰지 않아도 됐는데. 그는 젊은 데다 늘씬하고 탄탄한 몸매에 운동을 좋아하게 생겼다. 난 나이도 많은 데다 체중도 많이 나갔고, 너무 오랜 세월 동안 운동이라고는 술잔 드는 거밖에 한 게 없었다. 내가 도망치려고 해 봤자, 그놈에게 날 찌르라고 등을 내주는 꼴밖에 되지 않을 것이다.

놈은 몸을 앞으로 숙이면서 칼을 다른 손에 바꿔 쥐었다. 영화에서 그랬다면 그럴싸하게 보여도, 칼을 정말 잘 다루는 사람이라면 그런 식으로 시간을 낭비하지 않는다. 진정한 양손잡이란 거의 없으니까. 놈이 오른손에 칼을 쥔 채 공격을 시작했으니까 다시 공격을 할 때는 오른손으로 칼을 휘두르리라는 걸 난 알고 있었다. 그러니까 이 자식이 손 바꾸기 묘기를 부리는 동안 난 숨을 돌리면서 그의 공격 타이밍에 정신을 집중할 수 있었다.

그리고 희망도 조금 생겼다. 이런 게임을 하면서 에너지를 낭비한다면, 칼을 그렇게 잘 쓰는 놈도 아닐 것이고, 이 정도로 아마추어라면 나에게도 승산이 있을 터였다.

내가 말했다.

"지금 가진 돈이 별로 없지만, 얼마든지 가져가."

"네 돈은 필요 없어, 스커더. 널 원해."

전에 들어 본 적이 없는 목소리였고, 분명 뉴욕 억양도 아니었다. 프레이저가 어디서 이런 놈을 찾았는지 궁금했다. 스테이시를 만나 본 후에, 말보로맨은 그녀 타입이 아니란 걸 꽤 확신하고 있었다.

내가 말했다.

"넌 지금 실수하고 있는 거야."

"당신이 실수하고 있는 거지, 노땅. 이미 실수했고."

"헨리 프레이저는 어제 자살했어."

"그래? 꽃을 좀 보내 줘야겠네." 그는 칼을 앞뒤로 휘두르면서, 무릎에 힘을 줬다 풀고 있었다. "내가 아주 예쁘게 베어 줄게."

"그럴 일은 없어."

그가 웃음을 터트렸다. 가로등 불빛에 이제 그의 눈을 볼 수 있었고, 빌리의 말이 무슨 뜻인지 알았다. 그의 눈은 살인자의 눈, 사이코패스의 눈이었다.

내가 말했다.

"내게도 칼이 있었다면 이미 게임 끝났어."

"퍽도 그러시겠네."

"우산으로도 네놈은 해치울 수 있어."

정말 우산이나 지팡이라도 있었으면 하는 생각이 간절했다. 칼의 상대는 칼보다 조금 더 길게 찔러 올 수 있는 물건이 나았다. 권총만 아니라면 그게 나았다.

그때는 권총이어도 상관없었다. 경찰을 그만뒀을 때, 좋았던 점 중 하나는 더 이상 걸어 다닐 때마다 총을 차고 다니지 않아도 된다는 점이었다. 그 당시에는 권총을 가지고 다니지 않아야 한다는 점이 내게 아주 중요했다. 그러긴 해도 처음 몇 달은 권총 없이 다니자 옷을 벗고 다닌 것 같은 느낌이 들었다. 15년 동안이나 권총을 차고 다니면, 어느 정도 그 무게에 익숙해지게 된다.

지금 내게 권총이 있다면, 써야 했을 것이다. 그를 보니 짐작할 수 있었다. 그는 총을 본다고 해서 칼을 떨어뜨릴 인간이 아니었다. 그는 날 죽이려고 굳게 마음을 먹었고, 무엇으로도 그를 막을 수 없을 것이다. 프레이저가 어디서 이런 인간을 찾았을까? 그는 확실히 전문적인 킬러는 아니었다. 물론 많은 사람들이 아마추어 킬러를 고용하고, 프레이저에게 나도 몰랐던 조직 폭력단과의 연줄이 있지 않는 한, 그런 프로 암살자를 만났을 것 같지는 않다.

다만.

그러자 완전히 새로운 생각들이 꼬리에 꼬리를 물고 떠오르기 시작했는데, 그 순간 내가 도저히 해선 안 되는 단 한 가지 생각이 바로 떠올랐다. 나는 말보로맨이 이리저리 발을 움직이는 패턴이 바뀐 걸 보고 대번에 현실로 돌아왔고, 그가 날 구석으로 몰아넣으러 다가왔을 때 준비가 돼 있었다. 난 어떻게 움직여야 할지 생각해 둔 데다 그의 타이밍까지 계산해서, 그 자식이 막 찌르려고 했을 때 발을 휘둘러서 운 좋게 손목을 걷어찼다. 놈은 균형을 잃었지만 재수도 좋게 쓰러지진 않았다. 내 발길질에 가까스로 칼이 떨어지긴 했지만 바로 옆에 떨어져서 별로 도움이 되지 않았다. 그는 다시 몸의 균형을 잡고, 내가 차버리기 전에 손을 뻗어 칼을 잡았다. 그러고는 비틀거리며 뒤로 물러서서 연석의 가장자리까지 갔다. 내가 달려들기 전에 놈이 다시 칼을 잡고 자세를 취해서 나는 뒤로 물러나야 했다.

"넌 이제 죽은 목숨이야."

"싸움을 주둥이로 하는구나. 저승 문턱까지 갔다 온 건 너야."

173

"당신 배를 따 줄 생각이야. 아주 천천히 기분 좋게 돼지게 말이야."

내가 그의 입을 놀리게 할수록, 그가 공격을 하는 간격이 길어졌다. 그렇게 시간이 길어질수록, 오늘의 주빈이 칼을 맞아 쓰러지기 전에 누군가 이 파티에 올 가능성도 높아지게 된다. 택시들이 주기적으로 손님을 찾아 돌아다니긴 했지만 많지는 않았고, 궂은 날씨 때문에 지나가는 사람이 거의 없었다. 순찰차가 오면 반갑게 맞아 주겠지만, 이럴 때 하는 말이 있지 않은가. 경찰이 꼭 필요할 때는 코빼기도 안 보인다고.

말보로맨이 말했다.

"어디 덤벼 보시지, 스커더. 맞장 한번 떠 봐."

"급할 거 없잖아."

그는 칼날에 엄지손가락을 쓱 문질렀다.

그가 말했다.

"이게 날이 제법 살아 있거든."

"그 말은 믿어 주지."

"아, 내가 직접 증명해 주겠어."

그는 뒤로 조금 물러서서 조금 전처럼 다시 발을 이리저리 움직였는데, 무슨 꿍꿍인지 알고 있었다. 이제 날 향해 전력 질주할 터였는데, 그렇다면 더 이상 펜싱 시합을 벌이는 건 의미가 없었다. 이 자식이 첫 번째 돌격에서 날 찌르지 않는다 해도 날 땅바닥에 쓰러뜨리게 될 것이고 우리는 둘 중 하나가 일어나기 전까지 거기서 그렇게 몸싸움을 하게 될 테니까. 나는 놈이 어깨를 움직이며 가짜로 공격하는 척하는 모습에 속지 않고 놈의 발 움직

174

임에 집중했다. 그가 덤벼들었을 때 이미 준비가 돼 있었다.

날 향해 놈이 몸을 날렸을 때 나는 한쪽 무릎을 꿇고 휙 몸을 숙여 버렸다. 칼을 쥔 녀석의 손이 내 어깨 위로 빗나가는 순간, 밑으로 파고들어 놈의 다리를 잡고 한 번에 몸을 빙 돌려서 휙 끌어당겼다. 그리고 일어나서 놈을 최대한 멀리 던졌다. 그 자식이 땅바닥에 떨어졌을 때 칼을 떨어뜨리게 되리란 걸, 그때 내가 그 자식 위로 몸을 날려서 칼을 발로 차 버리고 그의 옆머리를 차 버릴 것이란 걸 확신하고 있었다.

하지만 놈은 칼을 떨어뜨리지 않았다. 공중으로 붕 뜨면서 허공을 발로 찼다가 도중에 올림픽에 출전한 다이빙 선수처럼 느릿느릿 몸을 돌렸지만, 바닥으로 떨어졌을 때 수영장처럼 바닥에 물이 있지는 않았다. 놈은 한 손을 뻗어 낙법을 시도하려고 했지만, 실패했다. 마치 3층 창문에서 떨어진 수박처럼 머리가 콘크리트 바닥에 부딪쳐 깨져 버렸다. 난 놈의 두개골에 금이 갔을 것이라고 확신했다. 그것만으로도 치명상이었을 것이다.

가서 그를 살펴보다가, 두개골이 깨졌는지 아닌지는 중요하지 않다는 걸 알았다. 그는 앞으로 떨어지는 와중에도 희한하게 콘크리트 바닥에 뒤통수를 부딪쳤고 이제 목이 부러진 자세로 누워 있었다. 별 기대 없이 맥박이 뛰는지 찾아봤지만, 역시 소득이 없었다. 그의 몸을 돌려서 가슴에 귀를 댔지만 역시 아무 소리도 들리지 않았다. 그는 아직도 손에 칼을 쥐고 있었지만, 이제는 아무 쓸모없는 물건이 됐다.

"맙소사."

나는 고개를 들었다. '안타레스와 스피로'라는 술집의 단골인

그리스 사람이었다. 우린 동네에서 가끔씩 마주치면 목례를 하는 사이였다. 이름은 몰랐다.

"내가 다 봤어요. 그 개자식이 당신을 죽이려고 했죠."

"경찰에 그 점을 설명해 주면 내게 도움이 될 겁니다."

"오, 안 돼요. 난 아무것도 못 봤어요. 내 말이 무슨 뜻인지 알죠?"

"당신 말이 무슨 뜻인지는 관심 없어요. 내가 맘만 먹으면 당신을 찾아내는 게 어려울 것 같아요? 스피로로 돌아가서 수화기 들고 911에 신고해요. 신고하는 건 동전도 필요 없어요. 18번 관할 경찰서에 살인 사건이 발생해서 신고하고 싶다고 말하고 주소를 불러 줘요."

"글쎄, 난 잘 모르겠는데."

"알고 자시고 할 필요가 뭐 있어. 그냥 내가 시킨 대로 하면 된다니까."

"염병할, 이 사람이 손에 칼을 들고 있으니까, 누가 봐도 이건 정당방위가 분명하잖아요. 이 사람 죽었죠, 그렇죠? 당신이 살인 사건이라고 했는데, 목이 부러진 것도 그렇고. 이젠 길거리도 마음대로 못 걸어 다니겠어. 이 빌어먹을 도시는 정글 같다니까."

"어서 전화해요."

"이봐요."

"이 멍청한 인간아, 나한테 들들 볶이고 싶어? 남은 평생 경찰 때문에 속 썩으면서 살고 싶으냐고? 가서 전화를 하란 말이야."

그는 갔다.

나는 시체 옆에 무릎을 꿇고 재빨리 하지만 철저하게 몸수색을 했다. 내가 원한 건 그의 이름이었지만, 신원을 밝힐 만한 것은 하나도 나오지 않았다. 지갑도 없고, 달러 모양의 머니클립만 나왔다. 순은 클립으로 보였다. 300달러 조금 넘게 있었다. 1달러와 5달러 지폐들을 다시 머니클립에 끼워서 그의 주머니에 다시 넣었다. 그리고 나머지는 내 주머니에 쑤셔 넣었다. 죽은 그보다는 내가 더 쓸 데가 많으니까.

그러고는 거기 서서 경찰이 나타날 때까지 기다리면서 내 키 작은 친구가 과연 신고를 했는지 궁금해했다. 기다리는 동안, 택시 몇 대가 가끔 멈춰서 무슨 일이냐며 도움이 필요하냐고 물었다. 말보로맨이 내게 칼을 휘두르고 있을 때는 아무도 그런 수고를 하지 않더니만, 이제 그가 죽으니 모두 스릴 넘치는 삶을 살고 싶어 안달을 했다. 난 손을 휘휘 저어서 모두 쫓아 버리고 조금 더 기다렸다. 마침내 57번가에 경찰차가 나타났는데 9번 애비뉴가 시내까지 일방통행이란 사실은 깡그리 무시했다. 그들은 사이렌을 끄고 시체 옆에 서 있는 내게 재빨리 걸어왔다. 사복형사 두 명이었는데, 둘 다 모르는 사람이었다.

나는 짧게 내 신원을 밝히고 무슨 일이 있었는지 설명했다. 내가 전직 경찰이었다는 사실로 피해를 볼 것도 없었다. 내가 말하는 동안 감식반을 태운 차 한 대가 또 왔고, 그다음에 앰뷸런스가 왔다.

감식반원들에게 내가 말했다.

"이 사람 지문 좀 떠요. 시체 안치소로 옮긴 후가 아니라 지금 뜨는 게 낫겠군."

그들은 내가 누군데 그런 지시를 하냐고 묻지 않았다. 내가 경찰인 데다 그들보다 지위가 높다고 짐작한 것 같았다. 나와 이야기를 하고 있던 사복 경찰이 날 향해 눈살을 찌푸렸다.

"지문이라뇨?"

나는 고개를 끄덕였다.

"이 사람이 누군지 알고 싶습니다. 그리고 이 사람은 신분증도 안 가지고 있었고."

"그걸 굳이 또 찾아봤어요?"

"그랬습니다."

"그러면 안 되는 건 아시죠?"

"네, 알고 있습니다. 하지만 누가 굳이 날 죽이려 했는지 알고 싶었죠."

"그냥 강도 아닌가요?"

나는 고개를 흔들었다.

"이 사람은 며칠 전에도 날 미행했어요. 그리고 오늘 밤 날 기다리고 있었고, 내 이름을 불렀어요. 평범한 강도라면 자신의 피해자를 그렇게 신중하게 조사하지 않는 법이죠."

"흠, 이 친구들이 지금 지문을 뜨고 있으니까, 결과가 나오는지 봅시다. 왜 누군가가 당신을 죽이고 싶어 합니까?"

난 그 질문은 그냥 흘려보내고 말했다.

"이 사람이 뉴욕에 사는지 아닌지 모르겠어요. 분명 전과가 있겠지만, 뉴욕에서는 없을 수도 있어요."

"뭐, 조사해 보면 나오겠죠. 초범은 아닌 것 같은데, 안 그래요?"

"그럴 가능성은 없죠."

"뉴욕에서 안 나온다면 워싱턴엔 있겠죠. 경찰서에 같이 갈래요? 예전에 알던 동료들이 몇 명 있을 텐데."

"좋죠. 가글리아디가 아직도 커피를 탑니까?"

그의 얼굴이 어두워졌다.

"돌아가셨어요. 딱 2년 전에 심장마비로. 책상 앞에 앉아 있다가 그대로 돌아가셨죠."

"처음 듣는 소식이네. 유감이군요."

"맞아요. 좋은 분이셨는데. 커피도 맛있게 타시고."

16장

내 예비 진술은 피상적이었다. 진술을 받은 번바움이라는 이름의 형사 역시 그 정도는 눈치 챘다. 나는 특정한 장소와 시간에 모르는 사람에게서 공격을 받았으며, 날 공격한 사람은 칼로 무장하고 있었고, 난 맨손이었기 때문에 내 자신을 방어하는 과정에서 날 공격한 사람을 집어 던졌다. 내가 의도한 바는 아니지만 그 남자가 땅바닥에 떨어져서 죽었다고 간단하게 말했다.

번바움이 말했다.

"그 깡패가 당신 이름을 알고 있었죠. 당신이 아까 그렇게 말했는데."

"맞아요."

"그 말은 여기 진술서에 없군요." 그는 앞이마 쪽에 머리가 벗어지기 시작했는데 잠시 말을 멈추고 머리가 빠진 부분을 문질렀다. "그리고 또 레이시에게 며칠 전에 그자가 당신을 미행했다고 말했다면서요."

"그자를 한 번 본 적 있는 건 확실해요, 그리고 몇 번 더 본 것 같습니다."

"그렇군요. 그리고 우리가 지문을 조회해서 그자가 누구인지 밝혀내는 동안 여기서 기다리고 싶단 말이죠."

"그래요."

"당신은 우리가 그자의 몸에서 신분증을 찾아낼 때까지 보려고 기다리지 않았어요. 그렇다면 이미 찾아봤단 소린데."

"그냥 육감이었을 수도 있죠." 내가 넌지시 말했다. "누군가 죽이러 가는 사람이라면, 신분증을 가지고 다니지 않는다. 그냥 그렇게 추측해 봤어요."

그는 잠시 눈썹을 치켜 올렸다가, 어깨를 으쓱했다.

"그건 그냥 그렇게 처리하죠, 매튜. 내가 아무도 없는 아파트를 확인할 때, 그 사람들이 부주의해서 문을 열어 놓고 간 걸 알고 가진 않겠죠. 물론 난 셀룰로이드 조각을 써서 들어갈 생각은 하지 않을 테니까."

"그러면 가택 침입이 될 테니까."

"우리가 또 그런 건 원하지 않잖아요, 안 그래요?"

그는 썩 웃더니, 다시 내 진술서를 집어 들었다.

"이자에 대해 당신이 알고는 있지만 말하긴 싫은 게 있는 거죠, 그렇죠?"

"아니죠. 내가 모르는 점들이 있는 거죠."

"이해가 안 되는데."

나는 책상에 있던 그의 담뱃갑에서 한 개비를 꺼냈다. 조심하지 않으면, 다시 담배를 피우게 될 것이다. 불을 붙이는 데 시간을 들이면서 머릿속에서 할 말들을 정리했다.

내가 말했다.

"당신은 곧 사건 하나를 해결할 수 있게 될 겁니다. 살인 사건을."

"이름을 대요."

"아직은 안 돼요."

"이봐요, 매튜."

나는 담배를 한 모금 빨았다. 그리고 말했다.

"한동안 내 방식대로 하게 놔둬요. 당신을 위해 어느 정도 설명은 하겠지만, 당분간 서류에는 아무것도 적지 말아요. 이미 오늘 밤 일어난 일은 정당한 살인 사건으로 종결 지을 만큼 충분한 정보를 들었잖아요? 목격자도 있고, 손에 칼을 쥔 시체도 있고."

"그래서요?"

"죽은 자는 날 미행하라고 고용된 자입니다. 그자의 정체를 알게 되면 아마 누가 그 사람을 고용했는지도 알게 되겠죠. 내 생각에 그자는 또 얼마 전에 또 다른 사람을 죽이라고 고용된 자일 겁니다. 그러니까 그자의 이름과 배경을 알게 되면 그자에게 돈을 준 사람을 잡을 수 있는 증거를 내가 찾을 수 있다는 얘기죠."

"그러니까 그동안은 아무것도 말해 줄 수 없다?"

"그렇지."

"다른 특별한 이유라도 있습니까?"

"엉뚱한 사람을 곤경에 처하게 하고 싶지 않으니까."

"당신 정말 고독한 플레이를 하는군요." 나는 어깨를 으쓱했다.

"지금 시내에서 확인 작업 중이에요. 거기에 그자의 전과 기록이 뜨지 않는다면, 워싱턴으로 지문을 보낼 겁니다. 그러자면 긴 밤이 될 텐데."

"괜찮다면, 난 기다리고 싶은데."

"사실 그래도 좋을 것 같군요. 잠깐 눈이라도 붙이고 싶다면, 부서장실에 소파가 있는데."

나는 시내에서 연락이 올 때까지 기다리겠다고 말했다. 그는 다른 할 일을 찾았고, 나는 빈 사무실에 들어가서 신문을 한 부 집었다. 그러다 깜박 잠이 든 모양이었다. 어느 틈엔가 번바움이 내 어깨를 흔들고 있었으니까. 나는 눈을 떴다.

"시내에선 아무것도 안 나왔어요, 매튜. 뉴욕에서는 그 자식을 체포한 적이 없대요."

"나도 그렇게 생각했어요."

"그자에 대해선 아무것도 모르는 줄 알았는데."

"몰라요. 아까 말한 것처럼 그런 예감이 들었다는 거죠."

"어딜 찾아야 할지 당신이 말해 준다면 일이 덜 번거로워질 텐데."

나는 고개를 흔들었다.

"나도 워싱턴에 조회하는 거 말고 다른 뾰족한 수는 몰라요."

"그자의 지문은 이미 보냈어요. 두어 시간 걸릴 겁니다. 벌써 날이 새기 시작했어요. 집에 가는 게 어떻습니까? 뭐든 나오는 대로 전화하죠."

"그자의 지문은 다 떴잖습니까. 요즘에는 연방수사국에서 컴

퓨터로 이런 일은 다 처리하지 않습니까?"

"그렇긴 하죠. 하지만 컴퓨터에게 뭘 하라고 지시할 사람이 있어야 하는데, 워싱턴에서는 그런 일을 처리하는데 꾸물거리는 경향이 있단 말이죠. 댁에 가서 좀 주무세요."

"기다리겠어요."

"좋을 대로 하세요."

그는 문가로 가다가 돌아서서, 부서장실 소파에서 쉬라는 이야기를 다시 했다. 하지만 좀 전에 의자에 앉아서 잠깐 졸았더니 자고 싶은 마음도 싹 사라졌다. 물론 지칠 대로 지쳤지만, 잠을 자는 건 이미 물 건너갔다. 머릿속에서 너무 많은 수레바퀴들이 돌아가기 시작했는데, 도저히 정지시킬 수 없었다.

말보로맨은 프레이저의 하수인이 분명했다. 그래야 앞뒤가 맞았다. 왜 그런지 모르겠지만 프레이저가 죽어서 이제 이 일에서 빠졌다는 소식을 못 들었거나, 아니면 프레이저와 가까운 관계라서 내게 앙심을 품고 죽이려 했는지도 모른다. 아니면 중개인을 통해 고용된 자라, 프레이저가 이 일의 일부라는 사실을 모르고 있는지도 모른다. 그 이유든, 어떤 이유든 있어야 한다, 그렇지 않으면.

그렇지 않을 경우에 대해선 생각하고 싶지도 않았다.

나는 번바움에게 진실을 말했다. 내겐 직감이 있었고, 그 직감에 대해 생각할수록 더 믿게 됐으며, 동시에 그 직감이 틀렸기를 바랐다. 그래서 경찰서에서 죽치고 앉아 신문들을 읽고 끝도 없이 묽은 커피를 마시면서 도저히 피할 수 없는 일들에 대해 생각하지 않으려고 애를 썼다. 그러다 번바움이 구직이란 형사에게 사건에 대해 간단하게 일러 주고 퇴근했다. 아침 9시 30분경에 구직이 와서 워싱턴에서 드디어 연락이 왔다고 말했다.

구직은 텔레타이프로 온 메시지를 그대로 읽어 줬다.

"존 마이클 룬드그렌. 생년월일 1943년 3월 14일. 출생지 캘리포니아 산버나디노. 체포된 기록이 줄줄이 비엔나네요, 매튜. 이 자식 순 나쁜 짓으로 먹고살았구먼. 폭행, 흉기 폭행, 차량 절도, 중절도. 서해 일대를 쭉 훑어 가면서 징역을 살았고, 틴 교도소에서 또 빡세게 형을 살았어요."

"그자는 폴섬에서도 1년에서 5년형을 살았어요. 죄목이 강탈인지 절도인지는 모르겠지만. 상당히 최근 일이었을 텐데."

구직이 나를 쳐다봤다.

"그자를 모르는 줄 알았는데요."

"몰라요. 그자가 사기를 치다가 샌디에이고에서 잡혔는데 공범이 그에게 불리한 증언을 하고 풀려났어요. 집행 유예를 받았죠."

"여기 나온 것보다 훨씬 더 자세히 알고 있군요."

난 구직에게 담배 있냐고 물었다. 그는 담배를 안 피운다고 하면서 담배 있는 사람 있냐고 물어보려고 몸을 돌려서 내가 놔두라고 했다.

"속기사용 노트 가지고 누구 한 명 오라고 해요. 할 말이 많으니까."

나는 생각해 낼 수 있는 건 죄다 말했다. 베벌리 에스리지가 어떻게 범죄의 세계를 들락날락했는지, 그리고 어떻게 시집 잘 가서 원래 그녀가 속해 있던 사교계로 돌아갔는지 말했다. 스피너 자블런이 신문 기사 사진을 가지고 어떻게 이 모든 정황을 하나하나 맞혀서 깔끔하게 협박 작전을 벌였는지도 말했다.

"아마 그 여자가 이런저런 평계를 대면서 시간을 끌긴 했던 모양이에요. 하지만 스피너가 점점 더 많이 요구하면서 액수가 올라갔죠. 그때 그녀의 옛날 남자친구인 룬드그렌이 동부로 올라와서 빠져나갈 구멍을 보여 준 거죠. 왜 굳이 협박하는 놈에게 돈을 주겠어요, 그냥 죽여 버리면 훨씬 쉬운걸. 룬드그렌은 범죄자로서는 프로였지만 킬러로는 아마추어였죠. 그자는 스피너를 죽이기 위해 몇 가지 방법을 시도했어요. 차로 치어 죽이려고 했는데 결국 스피너의 머리를 갈기고 이스트 강에 던져 버렸죠. 그러고 나서 나를 차로 죽이려고 한 거고."

"그다음엔 칼을 썼고요."

"그렇죠."

"이 일엔 어떻게 끼어들게 된 겁니까?"

나는 스피너가 협박한 다른 사람들의 이름은 빼고 설명했다. 경찰은 그 점을 맘에 들어 하지 않았지만, 거기에 대해 그들이 할 수 있는 일이 없었다. 난 어떻게 스스로 표적이 됐고 룬드그렌이 어떻게 그 미끼를 물었는지 말했다.

구직은 내가 이야기하는 내내 계속 끼어들어서 내가 애초에 경찰에 모든 사실을 알려 줬어야 했다고 말했고, 난 그에게 계속 난 그럴 용의가 없었다고 대꾸했다.

"우리가 맡았다면 제대로 해결했을 겁니다, 매튜. 맙소사, 당신은 룬드그렌 보고 아마추어라고 하지만, 당신이야말로 아마추어처럼 돌아다니다가 호되게 당했잖아요. 결국 맨손으로 칼잡이를 상대하게 됐다 이 말입니다. 당신이 지금 살아 있는 건 순전히 운 때문이에요. 참나, 아실 만한 분이 이러시면 안 되죠. 15년이나 경찰 밥을 먹어 놓고, 이렇게 우릴 이렇게 무시해요?"

"그럼 스피너를 죽이지 않은 사람들은 어떻게 되겠어요? 내가 곧바로 경찰에 다 털어놨더라면 그 사람들은 어떻게 됐겠냐고요?"

"그건 그 사람들 몫이죠, 안 그래요? 애초에 지은 죄가 있잖아요. 자기에게 숨길 게 있다고 해서, 살인 사건 수사에 방해가 돼서야 쓰겠어요."

"하지만 수사도 안 했잖아요. 아무도 스피너에게 신경 쓰지 않았잖아요."

"당신이 증거를 주지 않았으니까 그랬죠."

나는 고개를 흔들었다.

"그건 개소리지. 나에겐 누군가가 스피너를 죽였다는 증거가 없었어요. 스피너가 몇 사람을 협박했다는 증거만 있었죠. 그건 스피너에게 불리한 증거지만, 스피너는 죽었고, 경찰이 그를 시체 안치소에서 꺼내서 감방에 처넣고 싶어 할 것 같진 않았죠. 난 살인에 대한 증거를 찾은 순간 곧바로 당신들에게 갖다 바쳤습니다. 이봐요, 이렇게 하루 종일이라도 입씨름할 수 있어요. 그냥 베벌리 에스리지를 체포하라는 명령을 내리지그래요?"

"뭐로 기소를 하라고요?"

"살인공모 두 건."

"협박한 증거는 있어요?"

"안전한 곳에 있죠. 바로 안전 금고에. 한 시간 내로 가져올 수 있어요."

"제가 따라가서 가져와야겠어요." 나는 그를 바라봤다. "그 봉투 속에 뭐가 들었는지 보고 싶어질지도 모르겠거든요, 스커더."

그때까지는 날 '매튜'라고 부르더니만. 이 자식이 무슨 속셈인지 궁금해졌다. 어쩌면 그냥 해 보는 말일 수도 있지만, 어쩌면 또 다른 수를 쓰려고 생각하고 있는 건지도 모른다. 어쩌면 이 자식도 나처럼 협박 사업을 해보고 싶은 건지도 모르겠지만 다만 나처럼 살인범을 잡으려는 게 아니라 진짜 돈을 노리는 건지도 모른다. 어쩌면 진짜 범죄를 저지른 사람들을 잡아서 훈장을 받을 수 있다고 판단한 건지도 모른다. 이 형사를 잘 모르니 어떤 동기로 이런 말을 하는지 짐작할 수 없었지만, 그렇다고 해도 사실 큰 차이는 없었다.

"이해가 안 되는군요. 내가 살인범을 잡아서 은접시에 갖다 바쳤는데 이제는 그 접시마저 녹여서 차지하고 싶다는 건가요."

"에스리지를 잡아 오라고 몇 명 보낼 거예요. 그동안 당신과 나는 금고를 열러 갑시다."

"열쇠를 어디다 뒀는지 내가 잊어버렸을 수도 있는데."

"그럼 내가 당신 인생을 아주 팍팍하게 만들어 줄 수 있죠."

"별로 그렇게 어려운 일도 아닌데. 여기서 몇 블록 거리밖에 안 되고."

"아직 비가 내리니까, 차를 가지고 가죠."

그가 말했다.

우리는 차를 몰고 57번가와 8번 애비뉴 사이에 있는 매뉴팩처러스 하노버 은행으로 갔다. 구직은 순찰차를 버스 정류장에 세워 뒀다. 그렇지 않으면 세 블록을 걸어야 했는데, 비가 그렇게 많이 오는 것도 아니었다. 우리는 은행으로 들어가서 계단을 내려가 금고실로 갔다. 내가 경비원에게 열쇠를 주고 카드에 서명했다. "몇 달 전에 아주 황당한 이야길 들었어요." 구직이 말했다. 하자는 대로 해 주니까 이제 아주 싹싹하게 굴고 있었다. "어떤 여자가 케미컬 은행 금고의 상자 하나를 대여해서 1년 치 대여료로 8달러를 지불했다고 하더군요. 그리고 하루에 서너 번씩 찾아왔다는 겁니다. 올 때마다 항상 남자랑 왔는데, 매번 남자가 바뀌었다고 해요. 그래서 은행에서 수상하게 생각해서 우리에게 조사를 해 달라고 부탁했어요. 알고 보니 그 여자가 매춘부였어요. 10달러를 내고 호텔 방을 빌리는 대신, 거리에서 손님을 낚아서 은행으로 데려왔다는 겁니다, 세상에. 그리고 상자를 꺼내면 은행에서 상자를 확인할 수 있게 작은 방으로 안내하고, 그러면 그 방문을 잠그고 아무도 못 보는 곳에서 그 남자와 얼른 일을 치른 다음에, 그 남자가 주는 화대를 상자에 넣어서 다시 금고에 넣고 나오는 식이었던 거죠. 거기에 드는 돈은 한 번 손님을 받을 때마다 호텔비로 10달러를 내는 대신 은행에 1년 치 보관료 8달러만 내면 되는 데다, 호텔보다 훨씬 안전했죠. 손님으로 미친놈이 걸린다고 해도 그 자식이 빌어먹을 은행 한가운데서 그 여자를 두들겨 패진 않을 테니까, 안 그래요? 남자에게 맞을 걱정도 없고, 돈을 털릴 걱정도 없고, 완벽했죠."

이제 경비가 자신의 열쇠와 내 열쇠를 써서 금고에서 내 상자를 꺼냈다. 그는 내게 그 상자를 건네고 좁은 방으로 우리를 안내했다. 우리는 같이 들어갔고, 구직이 문을 닫고 잠갔다. 방에 들어와 보니 섹스를 하긴 다소 좁다는 느낌이 들었지만, 비행기 화장실에서 하는 사람들도 있으니까, 그에 비하면 넓은 거라는 생각도 들었다.

나는 구직에게 그 여자는 어떻게 됐냐고 물었다.

"아, 우리가 그 여자를 고소하지 말라고 은행에 말했죠. 그러면 소문이 퍼져서 거리에 있는 창녀란 창녀는 다 그 수법을 써 보고 싶어 할 테니까. 그냥 그 여자가 낸 대여료를 환불해 주고 더 이상 그녀와는 거래하고 싶지 않다고 말하라고 했죠. 그러니까 은행에서도 그렇게 했을걸요. 아마 그 여잔 길 건너에 있는 다른 은행에 가서 다시 사업을 시작했겠죠."

"하지만 다른 은행에선 아무 소리 없었고."

"그래요. 아마 그 여자가 체이스 맨해튼 은행에 친구가 있었나 보죠." 구직은 자신이 한 농담에 큰 소리로 웃다가, 갑자기 그쳤다. "상자에 뭐가 있는지 봅시다, 스커더."

나는 그에게 상자를 건네며 말했다.

"직접 열어 보지그래."

구직이 상자를 열어서 안에 있는 모든 걸 훑어보는 동안 나는 그의 얼굴을 찬찬히 지켜봤다. 그는 사진들을 보고 몇 가지 흥미로운 언급을 하고, 기록된 자료는 상당히 주의 깊게 읽어 봤다. 그러다 갑자기 고개를 들었다.

"이건 다 에스리지 여사에 대한 자료잖아."

"그래 보이는군."

"다른 자료들은 어쩌고?"

"아무래도 이 안전 금고가 말처럼 안전하진 않은 모양이야. 누군가 들어와서 다른 건 다 빼낸 게 분명해."

"이 개자식."

"자넨 필요한 건 다 손에 넣었어, 구직. 더도 말고 덜도 말고 딱 필요한 만큼."

"상자 하나당 한 사람의 자료만 넣었군. 이런 상자들이 몇 개나 있는 거야?"

"그런다고 뭐가 달라져?"

"이 개자식. 그럼 다시 가서 그 경비원에게 당신이 여기에 상자를 몇 개나 맡겼는지 물어보지. 그리고 그 상자들을 다 보는 거야."

"원한다면 그렇게 해. 내가 수고를 덜어 줄 수도 있는데."

"그래?"

"그냥 상자만 세 개를 쓴 게 아니야, 구직. 세 은행에 나눠서 넣었어. 그리고 날 닦달해서 다른 열쇠들을 찾으려 하거나, 다른 은행들을 조사해 보거나, 다른 수작을 부리려고 생각도 하지 마. 사실, 날 개자식이라고 부르는 짓부터 그만두는 게 좋을 거야. 자꾸 그러면 내가 언짢아질지도 모르거든. 그러면 자네 조사에 더 이상 협조 안 하기로 마음먹을 수도 있어. 알다시피, 내가 꼭 협조해야 하는 것도 아니잖아. 내가 협조를 안 하면, 이 사건은 그냥 날리는 거야. 나 없이 룬드그렌 사건에 에스리지를 엮어볼 수는 있겠지, 하지만 검사가 법정에 가지고 가고 싶어 할 증거를 찾으려면 아주 고생이 막심할 거야."

우리는 한동안 서로 노려봤다. 구직은 두어 번 무슨 말을 하려고 하다가, 그때마다 좋은 생각이 아니라고 판단했다. 마침내 그의 표정에서 뭔가 변했고, 나는 그가 이제 이건 놓기로 결심했다는 걸 알았다. 이 정도면 할 만큼 했고, 앞으로 더 이상 나올 것도 없다는 걸 알았다는 게 그의 표정에서 드러났다.

"빌어먹을. 이건 그저 내 안의 경찰 근성 때문에 그런 거라고요. 진상을 규명하고 싶었을 뿐이니까 기분 나빠하지 말았으면 좋겠군요."

"기분 나쁠 거 전혀 없어."

내가 대답했다. 별로 믿음이 가는 목소리는 아니었다고 나도 생각하지만.

"이제 에스리지 여사가 침대에서 끌려나왔을 것 같은데. 난 경찰서로 돌아가서 그 여사가 무슨 말을 하는지 봐야겠어요. 아주 흥미로운 이야기가 나올 것 같은데. 어쩌면 아직 못 끌어냈을 수도 있고. 이 사진들을 보니 그 여자를 침대 밖으로 끌어내는 것보다는 침대로 끌고 가는 게 더 재미있을 것 같은데. 그런 재미는 봤어요, 스커더?"

"아니."

"나라면 한 번쯤 맛을 봐도 나쁘지 않을 것 같은데. 같이 경찰서로 돌아갈래요?"

난 이 자식과 어디든 가고 싶지 않았다. 베벌리 에스리지도 보고 싶지 않았다.

"사양할게. 약속이 있어."

192

17장

나는 견딜 수 있는 한 최고로 뜨거운 물을 틀어 놓은 샤워기 밑에서 30분 동안 있었다. 기나긴 밤을 보내면서, 잠이라곤 번바움의 의자에서 잠깐 졸았던 게 전부였다. 난 죽을 뻔했고, 날 죽이려던 남자를 죽였다. 말보로맨, 존 마이클 룬드그렌. 그는 다음 달이면 서른한 살이 됐을 것이다. 난 그보다 어린 스물여섯 정도로 봤는데. 물론, 밝은 데서 본 적이 없어서.

그의 죽음에는 마음이 쓰이지 않았다. 그는 날 죽이려고 했고 그럴 수 있을 것 같았을 때 즐거워 보였다. 그는 스피너를 죽였고, 그 전에도 살인을 했을 가능성도 있다. 그는 프로 킬러는 아닐지 몰라도, 살인을 즐기는 것 같았다. 분명 칼을 휘두르는 걸 좋아했는데, 칼 쓰는 걸 좋아하는 남자는 대개 그런 무기를 휘두르면서 성적인 쾌감을 느낀다. 날이 있는 무기는 권총보다 훨씬 더 남근과 비슷하다.

나는 그가 스피너를 죽일 때 칼을 썼는지 궁금했다. 상상할 수 없는 일도 아니다. 검시관이 다 잡아내는 건 아니니까. 얼마 전에 그런 사건이 하나 있었다. 신원이 밝혀지지 않은 여성의 시체 하나가 둥둥 떠다니는 걸 허드슨 강에서 건졌는데, 두개골에 총알이 하나 박혀 있는 걸 아무도 눈치 채지 못한 채 처리한 후 매장됐다. 경찰이 총알을 찾아낼 수 있었던 유일한 이유는 시신이 매장되기 전에 어떤 멍청한 놈이 그녀의 목을 잘라 냈기 때문이다. 그 놈은 책상에 놔둘 장식물로 그녀의 머리를 원했고, 결국 경찰이 총알을 발견한 후 치아 기록을 대조해서 그녀의 신원을 알아냈다.

그녀는 뉴저지에 있는 집에서 두어 달 전에 실종된 사람이었다.

나는 그런저런 생각에 빠져 있었다. 사실은 피하고 싶은 생각들이 있었기 때문에. 하지만 30분 후에 샤워기를 끄고 수건으로 몸을 닦은 후에 수화기를 들어서 호텔 데스크에 내 방으로 전화를 연결시키지 말라고 하고, 1시 정각에 전화를 해서 깨워 달라고 부탁했다.

그렇다고 그런 모닝콜이 필요하리라고 예상했던 건 아니다. 도저히 잠을 잘 수 없을 거라는 걸 알고 있었으니까. 내가 할 수 있는 거라곤 침대에 몸을 쭉 뻗고 누워서 눈을 감고 헨리 프레이저와, 내가 어떻게 그를 살해했는지 생각하는 것뿐이었다.

헨리 프레이저.

존 룬드그렌은 죽었고, 내가 그를 죽였다. 목을 부러뜨렸는데 그건 하나도 괴롭지 않았던 게 놈이 그럴 만한 짓을 했기 때문이었다. 그리고 베벌리 에스리지는 지금 경찰에게 심문을 받고 있는데, 충분한 증거가 발견돼서 몇 년 형을 살게 될지도 몰랐다. 마찬가지로 재판까지 갈 만한 건수가 별로 없을 수도 있으니까 풀려날 수도 있었다. 하지만 어느 쪽으로 풀리건 별로 중요하지 않다. 어쨌든 스피너는 이걸로 복수를 했으니까. 베벌리의 결혼 생활과 사회적 지위와 칵테일파티는 이걸로 끝장났다. 그녀의 인생 역시 끝난 거나 마찬가지지만, 그것도 마음 쓰이지 않았다. 다 그 여자가 자초한 일이니까.

하지만 헨리 프레이저는 누구도 살해한 적이 없는데, 내가 너무 심한 부담을 줘서 자신의 머리를 날려 버리게 만들었다. 그런 내 행동을 해명할 방법이 정말 없었다. 프레이저가 스피너를 죽였다고 믿었을 때도 마음이 편치 않았는데, 이제 그가 무고하다는 걸 알게 되니 괴로운 마음이 가시질 않았다.

아, 그걸 합리화할 방법은 몇 가지 있다. 그는 사업에서 고전을 면치 못한 게 분명했다. 최근에 재정적으로 수많은 오판을 한 게 분명했고, 여러 가지 문제에 시달리고 있었고, 자살 성향이 있는 조울증을 앓고 있었던 게 분명하다. 거기까지는 괜찮았지만, 내가 감당하지도 못할 남자를 압박해서 더 이상 참을 수 없었을 것이다. 거기서는 도저히 내 행동을 합리화할 길이 없었다. 내가 사무실에 찾아갔을 때 자신의 입에 총을 쑤셔 넣고 방아쇠를 당긴 걸 단순한 우연의 일치로만 볼 수 없으니까.

눈을 감고 누워 있었는데 술을 한 잔 마시고 싶었다. 술 생각이 너무나 간절했다.

하지만 아직은 아니다. 약속을 지키고 전도유망하고 젊은 남색가에게 10만 달러를 줄 필요가 없다는 말을 할 때까지, 그리고 그 남자가 승승장구해서 주지사가 될 수 있을 정도로 많은 사람들을 여러 번 속여 넘길 수 있다면 그렇게 해 보란 말을 하기 전까진 안 된다.

그에게 이야기를 끝냈을 때, 나는 그가 무능한 주지사는 되지 않을지도 모른다는 느낌을 받았다. 그는 내가 책상 맞은편에 앉는 바로 그 순간부터 내가 하는 말에 끼어들지 않고 듣는 편이 좋다는 걸 깨달았던 게 분명했다. 내가 한 이야기가 정말 놀라웠겠지만, 그는 그냥 말없이 앉아서 내 이야기에 푹 빠진 표정으로 집중해서 들으면서 가끔 내가 한 말을 강조하기 위해 나 대신 고개를 끄덕였다. 나는 그에게 이제 덫에서 풀려났으며, 사실 처음부터 그런 건 있지도 않았고, 이건 모두 다른 사람들의 남부끄러운 비밀을 세상에 드러내지 않은 채 살인범을 함정에 빠뜨리기 위한 장치였다고 말했다. 난 천천히 시간을 들여 설명했는데, 이번 한 번에 이야길 다 끝내려는 마음에 그랬다.

내 이야기가 끝났을 때, 그는 의자에 등을 기대고 앉아 천장을 바라봤다. 그러고 나서 시선을 돌려 나와 눈을 맞추고 결정적인 말을 했다.

"정말 놀라운 이야기군요."

"난 다른 사람들처럼 당신에게도 압력을 넣어야 했습니다. 좋아서 한 건 아니지만, 어쩔 수 없이 해야 했죠."

"아, 난 그렇게 부담스럽지도 않았어요, 스커더 씨. 전 당신이 합리적인 사람이란 걸 알아봤고, 유일한 문제는 돈을 마련할 방법이었는데 그것도 불가능해 보이진 않았으니까." 그는 책상 위에 올려놓은 두 손을 맞잡았다. "이 모든 사실을 한 번에 소화한다는 게 쉽지 않군요. 알다시피, 당신은 아주 완벽한 공갈범이었어요. 그런데 지금은 전혀 공갈범처럼 보이지 않네요. 내가 속아 넘어갔다는 게 이렇게 기쁜 적은 처음이에요. 그런데 그, 저기, 사진들은……."

"모두 없앴습니다."

"당신 말을 그대로 믿어야 하는 거죠, 그러겠습니다. 하지만 이렇게 말하는 것도 참 바보 같지 않나요? 전 아직도 당신을 공갈범으로 생각하고 있는데, 그것도 어이없는 거고. 만약 당신이 공갈범이라면, 당신이 그 사진 복사본들을 가지고 있지 않다는 말을 그래도 믿어야 하고, 공갈범은 항상 그렇게 말하죠. 하지만 처음부터 당신은 제게서 돈을 뺏어가지 않았으니, 미래에도 그럴 걱정은 할 필요 없겠죠, 안 그래요?"

"당신에게 그 사진들을 갖다 줄까 생각해 봤습니다. 그러다 여기 오는 길에 버스에 치일지도 모르고, 택시에 봉투를 두고 내릴지도 모른다고 생각했습니다." 스피너는 버스에 치일까 걱정했던 생각이 문득 떠올랐다. "그래서 그냥 불에 태우는 게 간단해 보이더군요."

"분명히 말하지만, 그 사진들을 보고 싶은 생각은 전혀 없습니다. 그냥 이제는 그 사진들이 세상에 존재하지 않는다는 사실을 아는 것, 그것만 알아도 기분이 한결 나아지는군요."

그는 뭔가를 캐는 눈빛으로 날 살펴봤다.

"당신, 엄청난 도박을 했어요. 그러다 죽을 수도 있었을 텐데."

"그럴 뻔했죠. 두 번이나."

"왜 그런 위험을 감수했는지 이해가 안 되는군요."

"나도 이해가 잘 되지 않습니다. 그냥 친구의 부탁을 들어주느라 그랬다고 치죠."

"친구?"

"스피너 자블린."

"친구로 선택하기엔 좀 이상한 사람 아닌가요?"

나는 어깨를 으쓱했다.

"뭐, 동기는 그렇게 중요하지 않은 것 같군요. 당신은 확실히 아주 훌륭하게 성공했으니까."

그 점은 확신할 수 없었다.

"당신이 처음 그 사진들을 가져다줄 수도 있을지 모른다고 했을 때, 당신은 협박에 대한 요구를 보상금이라는 말로 표현했죠. 사실, 상당히 근사한 솜씨였어요." 그는 미소를 지었다. "하지만 전 당신이 보상금을 받을 자격이 있다고 생각해요. 10만 달러는 아니겠지만, 상당한 금액이어야죠. 지금은 제가 현금이 별로 없어서."

"수표면 됩니다."

"그래요?"

그는 날 잠시 바라보다가 서랍을 열어서 수표책을 꺼냈다. 한 페이지에 수표가 세 장 나오는 그런 큰 책이었다. 그는 펜 뚜껑을 열고 날짜를 쓴 후, 날 쳐다봤다.

"금액을 제시할 수 있나요?"

"1만 달러."

"금방 대답이 나오네요."

"당신이 공갈범에게 지불하기로 각오한 금액의 10분의 1입니다. 그 정도면 합리적인 액수인 것 같은데요."

"합리적이 아니라는 게 아닙니다. 그리고 제 입장에서 보면 싼 거죠. 이걸 현금으로 바꿀 수 있게 할까요, 아니면 당신에게 지급하는 걸로 할까요?"

"둘 다 아닙니다."

"네에?"

그를 용서하는 건 내 소관이 아니었다. 내가 말했다.

"난 돈을 원하지 않습니다. 스피너가 날 고용해서 내 시간에 대한 보상은 충분히 해줬습니다."

"그렇다면."

"소년의 거리(1917년 플래니건 신부가 창설한 공동체로 소년 시장에 의해 소년들의 자치가 이루어지는 곳 — 옮긴이)에 지급되도록 처리해 주세요. 플래니건 신부가 설립한 소년의 거리요. 그게 네브래스카에 있죠, 아마?"

그는 펜을 내려놓고 날 빤히 쳐다봤다. 얼굴이 살짝 붉어졌는데, 그러고 나서 내 말에 숨은 유머를 알아차렸거나 정치가로서의 본능이 작동했던 모양이었다. 그가 머리를 뒤로 젖히고 웃음을 터트렸으니까. 상당히 유쾌한 웃음이었다. 진심에서 우러나온 웃음인지 어쩐지는 모르겠지만, 확실히 가식적인 웃음 같진 않았다.

그는 수표를 써서 내게 건넸다. 그리고 내가 엄청나게 시적인 정의감을 가지고 있다고 말했다. 나는 수표를 접어서 주머니에 넣었다.

휘샌들이 말했다.

"사실 소년의 거리 말입니다. 스커더 씨, 그건 다 지난 일입니다. 그 사진들에 관련된 문제. 그건 저의 약점이죠. 저를 망가뜨리는 아주 불운한 약점, 하지만 그것도 다 과거입니다."

"당신이 그렇게 말씀하신다면."

"사실, 그런 욕망조차도 완전히 사라졌습니다. 그 악마는 몰아냈습니다. 설사 그렇지 않았다 해도, 그런 충동을 참는 건 전혀 어렵지 않을 겁니다. 제 일은 그런 위험에 몰아넣기엔 너무 중요합니다. 그리고 지난 몇 달간 위험의 의미에 대해 진정으로 깨닫게 됐습니다."

나는 아무 말도 하지 않았다. 그는 일어서서 주위를 조금 걸어다니면서 위대한 뉴욕 주에 대해 그가 품은 계획들에 대해 말했다. 그의 이야기에 그다지 집중하진 않았다. 그저 그의 목소리를 들으면서, 진심으로 하는 이야기라고 판단했다. 그는 정말 주지사가 되고 싶어 했다. 그건 분명했다. 하지만 상당히 좋은 이유로 주지사가 되고 싶어 하는 것 같았다.

"흠." 휘샌들이 마침내 말했다. "제가 연설할 기회를 잡은 것 같네요. 당신 표를 기대해도 될까요, 스커더 씨?"

"아뇨."

"그래요? 이만하면 썩 훌륭한 연설이라고 생각했는데."

"하지만 반대표도 던지지 않을 겁니다. 전 원래 투표를 하지 않습니다."

"투표는 시민의 의무입니다, 스커더 씨."

"난 불량시민이라서."

그 말을 듣고 휘샌들이 활짝 미소 지었는데, 왜 그랬는지는 알 수 없었다.

"있죠, 전 당신 스타일이 맘에 듭니다. 그동안 날 힘들게 했지만 당신 스타일이 좋았어요. 심지어 날 협박했던 게 연기였다는 걸 알기 전에도 좋았어요." 그는 은밀하게 목소리를 낮췄다. "제 조직에서 당신 같은 사람에게 아주 좋은 자리를 알아봐 줄 수 있습니다."

"난 관심 없습니다. 이미 조직에 15년이나 있었습니다."

"경찰."

"맞습니다."

"아무래도 제 표현력이 형편없었나 보군요. 당신은 정식 조직의 일원이 되진 않을 겁니다. 저를 위해 일하게 되는 거죠."

"난 누군가를 위해 일하는 걸 좋아하지 않습니다."

"현재의 삶에 만족한다는 말이군요."

"딱히 그렇진 않습니다."

"하지만 바꾸고 싶지도 않고."

"그렇죠."

"그게 당신 인생이라 그거죠. 하지만 놀랐습니다. 당신은 상당한 깊이가 있는 분입니다. 전 당신이 세상에서 더 많은 성취를 원할 거라고 생각했습니다. 당신의 개인적인 발전을 위해서가 아니라면 세상에 좋은 일을 할 수 있을 거라는 점에서, 당신이 훨씬 더 야심이 있는 사람일 거라고 생각했습니다."

"난 불량시민이라고 말했는데요."

"투표권도 행사하지 않으니까요, 알겠습니다. 하지만 뭐, 마음이 바뀐다면, 제 제안은 항상 유효합니다."

나는 일어섰다. 그도 일어서서 손을 내밀었다. 사실 그와 악수를 하고 싶지 않았지만, 어떻게 그 자리를 모면해야 할지 알 수 없었다. 그의 악수는 굳건하고 확신에 차 있었는데, 좋은 징조였다. 선거에서 이기고 싶다면 앞으로 수많은 사람들과 악수를 해야 할 것이다.

정말 그가 어린 소년들에 대한 욕정을 잃었는지 궁금했다. 그렇든 그렇지 않든 나로선 별로 중요하지 않았다. 그 사진들을 봤을 때 속이 뒤집혔지만, 거기에 윤리적으로 이의를 달 수 있는지는 잘 모르겠다. 그 사진들을 찍기 위해 포즈를 취했던 아이는 돈을 받았고, 분명 그때 자신이 무슨 짓을 하는지 잘 알고 있었다. 난 휘샌들과 악수하는 게 달갑지 않았고, 그가 내 술친구가 되는 일은 결코 없겠지만, 주지사가 되고 싶어 하는 다른 썩을 놈들보다 훨씬 더 나쁠 것 같지도 않았다.

18장

휘샌들의 사무실을 나왔을 때가 3시경이었다. 구직에게 전화해서 베벌리 에스리지에 대한 조사가 어떻게 되어 가는지 알아볼까 생각했지만, 동전을 아끼기로 했다. 구직과 말을 섞고 싶지 않았고, 게다가 경찰 조사가 어떻게 되어 가는지 별로 관심이 없었다. 한동안 걷다 워런 가에 있는 간이식당에 들어갔다. 식욕은 없었지만, 뭘 먹은 지가 오래돼서 위장이 불평을 하기 시작했다. 샌드위치 두어 개와 커피를 좀 마셨다.

그리고 좀 더 걸었다. 헨리 프레이저에 대한 정보를 보관해 둔 은행에 가고 싶었지만, 지금은 시간이 너무 늦었다. 다음 날 아침에 가서 모든 자료를 파기하기로 했다. 프레이저는 더 이상 다칠 수 없지만, 아직 그 딸이 남아 있었다. 그리고 스피너가 내게 유언으로 남긴 자료가 사라진다면 기분이 훨씬 나아질 것이다.

얼마 있다가 지하철을 타서, 컬럼버스 서클에 내렸다. 호텔 데스크에 내 앞으로 온 메시지가 한 개 있었다. 애니타가 전화했는데 연락을 달라고 했다.

나는 2층으로 올라가서 일반 백지 봉투에 소년의 거리 주소를 적었다. 그리고 그 안에 휘샌들이 쓴 수표를 넣고, 봉투에 우표를 붙이고, 엄청난 믿음을 가지고 그 편지 봉투를 호텔의 메일 슈트(우편물을 빌딩 각 층에서 아래로 내려 보내는 관 — 옮긴이)에 넣었다. 다시 방으로 돌아와 말보로맨에게서 가져온 돈을 세어 봤다. 280달러였다. 어디 교회나 그런 비슷한 곳에서 곧 28달러를 받게 되겠지만, 지금은 그런 데 가고 싶은 생각이 없었다. 사실 아무것도 하고 싶지 않았다.

이제 끝났다. 할 일은 하나도 없는데, 느껴지는 건 거대한 공허뿐이었다. 베벌리 에스리지가 재판을 받게 되면, 십중팔구 내가 증언을 해야 하겠지만, 그렇다고 해도 몇 달 뒤의 일일 것이고, 증언을 해야 할지도 모른다는 생각은 괴롭지 않았다. 증언이라면 예전에 충분히 해 봤다. 이제 더 이상 할 일이 없다. 휘샌들은 정치적 선배들과 일반 대중의 기분에 따라 주지사가 되거나 되지 않을 자유가 생겼고, 베벌리 에스리지는 막다른 골목에 서게 됐고, 헨리 프레이저는 하루나 이틀 사이에 땅에 묻힐 것이다. 움직이는 손가락이 글씨를 썼는데, 프레이저는 자신을 지워 버렸고, 그의 삶에서 내 역할은 그의 삶만큼이나 완벽하게 끝나버렸다. 그는 이제 의미 없는 촛불을 켜 줘야 할 또 하나의 사람이 된 것뿐이다. 그게 다다.

나는 애니타에게 전화했다.

애니타가 말했다.

"돈 보내 줘서 고마워. 잘 쓸게."

"더 들어올 수도 있었는데. 잘 안 됐어."

"당신 괜찮아?"

"그럼. 왜?"

"목소리가 달라져서. 정확히 어떻게 달라졌는지는 모르겠지만, 달라졌어."

"이번 주는 유난히 길었어."

잠시 대화가 끊어졌다. 우리 대화는 대개 이렇게 한 번씩 끊어지곤 한다. 그러다 애니타가 말했다.

"아이들이 농구 게임에 아빠가 데려가 줄 수 있는지 궁금해하고 있어."

"보스턴에서?"

"뭐라고?"

"닉스가 기운이 빠졌거든. 셀틱스가 며칠 전에 닉스를 대파했어. 그게 이번 주 하이라이트였지."

"브루클린 네츠 말이야."

"아."

"그 팀이 결승에 올라갔을걸. 유타나 뭐 그런 팀을 상대로."

"그렇구나."

나는 뉴욕에 두 번째 농구팀이 있는 걸 항상 까먹는다. 이유는 모른다. 전에 아이들을 데리고 나소 콜로세움에 네츠 경기를 보러 간 적도 있는데 여전히 그런 팀이 있다는 걸 잊어버리곤 한다.

"시합이 언제인데?"

"토요일 밤에 홈게임이 있어."

"오늘이 무슨 요일이지?"

"정말 갈 생각이야?"

"다음에 생각나면 달력 시계를 하나 갖다 놔야겠어. 오늘이 무슨 요일이냐니까?"

"목요일이야."

"표는 구하기 힘들 텐데."

"아, 이미 매진됐어. 아이들은 아빠가 아는 사람이 있지 않을까 하던데."

나는 휘샌들을 생각했다. 그는 아마 별로 힘들이지 않고 표를 구할 수 있을 것이다. 거기다 내 아들들을 만나는 것도 좋아할 것이다. 물론, 막판에 표를 구할 수 있는 사람들이 또 있는데, 내 부탁을 들어주는 걸 마다하지 않을 사람들이다.

내가 말했다.

"잘 모르겠는데. 시간이 촉박해서 말이야."

하지만 그때 나는 아들들을 보고 싶지 않다는 생각을 하고 있었는데, 그냥 이틀 뒤에만 보고 싶지 않은 게 아니었다. 왜 그런지는 나도 모를 일이었다. 그리고 아이들이 정말 내가 경기에 데려가 주길 원하는 건지 아니면 그냥 경기에 가고 싶은데 내가 표를 구할 수 있을 거라는 걸 알아서 그렇게 말하는 건지도 궁금했다.

나는 다른 홈게임이 있는지 물었다.

"목요일에 있어. 하지만 평일 밤이라서."

"그래도 토요일보다 표를 구할 수 있는 가능성이 훨씬 더 많아."

"음, 다음 날 학교가야 하는데 아이들이 늦게까지 잠을 안 자는 건 싫은데."

"목요일 게임 티켓은 구할 수 있을 것 같아."

"글쎄."

"토요일 표는 구할 수 없어, 하지만 목요일 표는 구할 수 있을 것 같아. 그게 시리즈에서 더 뒤에 하는 게임이고, 더 중요해."

"아, 그렇게 나오고 싶다 이거지. 내가 평일 밤이라서 안 된다고 하면, 아이들에게 나만 나쁜 사람이 되잖아."

"전화 끊을게."

"아니야, 끊지 마. 알았어, 목요일 괜찮아. 표를 구할 수 있으면 전화할 거지?"

난 그러겠다고 대답했다.

기분이 묘했다. 취하고 싶었지만 술 생각은 별로 없었다. 나는 한동안 방에 앉아 있다가, 공원으로 걸어가서 벤치에 앉았다. 아이들 두 명이 근처에 있는 벤치로 상당히 단호하게 걸어갔다. 그리고 앉아서 담배에 불을 붙였는데, 그중 하나가 내가 쳐다보는 걸 눈치 채고 옆에 있는 아이를 팔꿈치로 쿡 찔렀다. 그러자 찔린 아이가 조심스럽게 내 쪽을 봤다. 그러더니 아이들이 일어서서 그 자리를 떠나면서 내가 따라오고 있진 않은지 확인하려고 계속 뒤를 돌아봤다. 난 그 자리에 그대로 있었다. 내 짐작에 둘 중 하나가 상대방에게 마약을 팔려고 했다가 날 보고 경찰처럼 생긴 사람이 보고 있는 곳에선 거래하지 말자고 결정한 것 같았다.

거기에 얼마나 앉아 있었는지 모르겠다. 두 시간 정도 있었던 것 같다. 주기적으로 걸인들이 와서 구걸을 했다. 가끔은 그가 사

마실 달콤한 와인을 살 술값을 보태 줬다. 또 가끔은 꺼지라고 했다.

공원을 나와서 9번 애비뉴로 걸어갔을 때, 성 바오로 성당은 닫혀 있었다. 하지만 아래층은 열려 있었다. 기도하기엔 너무 늦었지만 빙고를 하기엔 적당한 시간이었다.

암스트롱은 열려 있었고, 난 그때까지 술은 입에도 대지 않고 기나긴 시간을 보냈다. 커피는 빼고 술만 달라고 했다.

그다음 40시간은 기억이 아주 많이 흐릿했다. 암스트롱에서 얼마나 오래 있었는지, 그다음에 어딜 갔는지 모르겠다. 금요일 오전에 40번가에 있는 어떤 호텔 방에서 혼자 잠이 깼다. 타임 스퀘어(뉴욕 시의 극장가 — 옮긴이)에서 일하는 매춘부들이 손님을 데려올 만한 싸구려 호텔의 지저분한 방이었다. 여자를 만난 기억도 없고 지갑도 그대로 있는 걸 봐서, 아무래도 나 혼자 들어온 것 같았다. 화장대 위에 버번위스키 병이 하나 있었는데, 3분의 2가 비어 있었다. 그 병을 마저 비우고 호텔을 나와 계속 마셨다. 현실이 또렷해졌다 흐릿해지는 순간이 계속됐는데, 그 밤의 어느 순간엔가 이만하면 충분하다고 결정한 것 같다. 어찌어찌해서 내 호텔 방을 찾아 돌아왔으니까.

토요일 아침 전화벨 소리에 잠이 깼다. 전화를 받으려고 내가 일어날 때까지 오랫동안 울렸던 것 같다. 수화기를 들다가 작은 침실용 스탠드 위에 있던 전화기를 쳐서 바닥에 떨어뜨렸다. 간신히 수화기를 집어서 귀에 댔을 때는 어느 정도 의식이 돌아와 있었다.

구직이었다.

"겁나 찾기 힘든 양반이네. 어제부터 계속 전화했어요. 제 메시지 못 받았어요?"

"데스크에 들르지 않아서."

"이야기 좀 해야겠어요."

"무슨 이야기?"

"만나서 하죠. 10분 안에 갈게요."

나는 30분 뒤에 보자고 했다. 구직이 로비에서 만나자고 해서 좋다고 했다.

나는 샤워기 밑에 서서 처음에는 뜨거운 물로 샤워를 하고, 그 다음에는 찬 물로 했다. 그리고 아스피린 두 알을 입에 넣고 물을 아주 많이 마셨다. 숙취가 있었는데, 물론 그럴 만한 짓을 했지만, 숙취를 빼면 기분은 꽤 좋았다. 간밤의 음주가 날 정화시켰다. 난 여전히 헨리 프레이저의 죽음을 지고 갈 것이다. 그런 짐은 완전히 떨쳐버릴 수 없지만, 죄책감을 어느 정도 술에 익사시켜서 전처럼 숨이 막히진 않았다.

입고 있던 옷을 벗어서 둘둘 뭉쳐 벽장에 쑤셔 넣었다. 결국엔 그렇게 쑤셔 넣은 옷들을 청소부가 다시 꺼내게 할지 말지 결정해야 하겠지만, 당분간은 그런 생각조차 하고 싶지 않았다. 면도를 하고 깨끗한 옷을 입고 수돗물을 두 잔 더 마셨다. 아스피린 덕에 두통은 가셨지만, 너무 오랫동안 빡세게 술을 마시느라 탈수가 돼서 몸의 세포 하나하나가 채울 수 없는 갈증에 시달리고 있었다.

난 구직이 도착하기 전에 로비에 내려갔다. 데스크에 물어봤다가 구직이 네 번이나 전화한 걸 알았다. 다른 메시지는 없었고, 다른 중요한 우편물도 없었다. 어느 보험 회사가 내 생년월일을 알려 주면 가죽으로 장정한 비망록을 공짜로 주겠다고 한 별로 중요하지 않은 편지를 읽고 있을 때 구직이 왔다. 그는 비싼 양복을 입고 있었다. 자세히 들여다봐야 권총을 차고 있는 걸 볼 수 있었다.

구직이 와서 옆에 있는 의자에 앉았다. 그리고 날 찾기가 아주 힘들었다고 또 말했다.

"에스리지를 만난 후에 당신과 이야길 하고 싶었어요. 맙소사, 그 여자 보통내기가 아니던데요. 사람을 들었다 놨다 하는 게. 그 여자가 매춘부였다는 걸 믿을 수 없다가도, 또 금방 매춘부가 아니란 걸 믿을 수 없으니 원."

"묘한 여자지, 맞는 말이야."

"그렇다니까요. 그 여자 오늘 중으로 나와요."

"보석금을 마련했나? 1급 모살로 체포된 줄 알았는데."

"보석이 아니에요. 그 여자를 잡아 놓을 건수가 없었어요. 혐의를 제기할 만한 게 없었다고요."

나는 그를 빤히 봤다. 내 팔뚝의 근육이 팽팽하게 당겨지는 걸 느낄 수 있었다. 내가 말했다.

"그 여자가 얼마나 쓴 거야?"

"내가 말했잖아요. 우리가 보석으로 풀어 준 게 아니라고요."

"그 여자가 뇌물로 얼마나 써서 살인 혐의에서 풀려났냐고? 현찰만 넉넉하면 살인죄도 씻을 수 있다는 말을 항상 듣긴 했지. 그런 일이 일어난 걸 한 번도 본 적은 없지만, 듣긴 했어. 그리고."

210

구직이 순간 날 칠 뻔했는데, 내심 정말 그러길 간절히 원했다. 그러면 그 자식을 벽에다 내던질 구실이 생기니까. 구직의 목에서 힘줄 하나가 불끈 일어서더니, 그가 눈을 가늘게 떴다. 그러다 갑자기 긴장을 풀었고, 얼굴색도 원래대로 돌아왔다.

구직이 말했다.

"참나, 꼭 그런 식으로 생각해야겠어요?"

"무슨 소리야?"

그는 고개를 흔들었다.

"정말 그 여자를 잡아넣을 게 없었다니까요. 내가 계속 하려던 말이 그 말이었는데."

"스피너 자블런은 어떻고?"

"그 여자가 죽인 게 아니에요."

"그 여자의 깡패 남자 친구가 죽였지. 포주이거나. 그 자식 정체가 대체 뭐였는지 모르겠지만."

"절대 아니에요."

"무슨 개소리야."

"절대 아니라고요. 그 자식은 캘리포니아에 있었어요. 산타 파울라라고 LA와 산타 바바라 중간에 있는 곳이에요."

"여기 비행기 타고 왔다가 비행기 타고 갔나 보지."

"아니라니까. 그 자식은 우리가 강에서 스피너를 건져 내기 몇 주 전부터 거기 있다가 시체가 나온 지 며칠 후까지 있었어요. 아무도 뒤집을 수 없는 알리바이란 말이에요. 그 자식은 산타 파울라 시립 교도소에서 30일 형을 살고 있었단 말입니다. 거기 경찰이 그 자식을 폭행죄로 추적하다가 음주 난동죄로 유죄 답변 거

래를 했어요. 그 자식은 30일을 꼬박 다 채우고 나왔어요. 스피너
가 죽었을 때 뉴욕에 있을 수가 없었단 거죠."

나는 그를 뚫어져라 바라봤다.

"그러니까 어쩌면 그 여자에게 다른 남자 친구가 있었는지도
모르죠." 구직은 계속해서 이야기를 이어 갔다. "우린 그것도 가
능하다고 생각했어요. 그 자식을 찾아보려고 시도해 볼 수도 있지
만, 그게 말이 되겠어요? 그 여자가 스피너를 죽이는 데 한 남자
를 쓰고, 당신을 죽이는 데 또 다른 남자를 쓴다는 게. 당최 말이
안 되잖아요."

"그럼 날 폭행한 건 어쩌고?"

"그게 뭐요?" 그는 어깨를 으쓱했다. "아마 그 여자가 그렇게
하라고 그 자식을 부추겼겠죠. 어쩌면 안 그랬을 수도 있고. 그
여자는 안 그랬다고 맹세했지만. 그 여자 말로는 당신이 협박했을
때 그자에게 조언을 부탁했대요. 그랬더니 그 자식이 자기가 도
울 수 있는지 보겠다고 비행기를 타고 왔다는 겁니다. 에스리지는
그 자식에게 당신을 거칠게 다루지 말라고 하면서, 당신을 돈으
로 떼어 낼 수 있을 거라고 생각했다는 거예요. 그 여자는 그렇게
말했지만, 그럼 달리 뭐라고 하겠어요? 어쩌면 그 여자는 그 자식
이 당신을 죽여 주길 원했는지도 모르고 아닌지도 모르겠지만 그
것만 가지고 어떻게 그 여자를 법정에 세울 수 있겠냔 말이죠. 룬
드그렌은 죽었고, 그 여자가 그 사건에 확실히 연루됐다는 증거
는 아무도 갖고 있지 않아요. 그 여자와 당신에 대한 공격을 연결
시킬 증거가 하나도 없단 말이에요. 그 여자가 룬드그렌을 알고
당신을 죽이고 싶은 동기가 있었다는 건 증명할 수 있어요. 하지

만 어떤 식으로든 종범이나 살인 모의 혐의가 있었다는 건 증명할 수 없어요. 기소장을 받을 수 있는 증거는 고사하고, 검사 사무실에서 이 일을 진지하게 받아들일 만한 증거도 내놓을 수가 없다고요."

"산타 파울라 교도소 기록이 잘못된 경우는 없고?"

"없어요. 스피너가 강에서 한 달 정도 썩어야 가능한 이야기지만, 사실은 그렇지 않잖아요."

"아니지, 스피너는 죽은 지 열흘도 안 돼서 발견됐으니까. 내가 스피너랑 통화를 했어. 이해가 안 돼. 그 여자에게 다른 공범이 있는 게 분명해."

"그럴지도 모르죠. 거짓말 탐지기에선 아니라고 나왔지만."

"그 여자가 거짓말 탐지기 검사를 받는 데 동의했단 말이야?"

"우리가 요구하지도 않았는데 그 여자가 검사해 달라고 했어요. 그 검사 덕분에 스피너에 관한 한 그 여자는 완전히 아무 관련이 없는 것으로 나왔어요. 당신에 대한 공격에서는 그렇게 명쾌한 결과가 나오지 않았지만. 검사를 실시한 전문가가 그러는데 그 질문을 했을 때 그 여자가 조금 스트레스를 받았다고 하더군요. 그 사람 짐작으로는 그 여자가 룬드그렌이 당신을 공격할 건 알았지만 죽이려고 한 건 몰랐던 것 같다고 했어요. 아마 할지도 모른다고 의심을 하긴 했지만 그 점에 대해서 둘이 의논하진 않았고, 그래서 그 일에 대해선 생각하지 않을 수 있었던 거죠."

"그런 테스트들이 항상 100퍼센트 정확한 건 아니야."

"하지만 그에 근접한 결과가 나와요, 매튜. 가끔은 유죄가 아닌데도 유죄처럼 보이게 만들기도 하죠. 특히 검사자의 실력이 좋지 않을 때 그래요. 하지만 그 검사에서 무죄라고 나오면, 그럴 확률이 상당히 높아요. 난 법정에서 거짓말 탐지 검사 결과를 증거로 채택해야 한다고 봐요."

나도 항상 그렇게 느꼈다. 나는 그 자리에 앉아서 모든 퍼즐 조각들이 맞춰질 때까지 지금까지 들은 이야기를 생각해 봤다. 그러느라 시간이 좀 걸렸다. 그동안 구직은 계속해서 베벌리 에스리지를 심문한 이야기를 하면서, 중간중간 그녀와 무슨 짓을 하고 싶은지 떠벌렸다. 그 이야기는 한 귀로 듣고 한 귀로 흘렸다.

내가 말했다.

"차로 날 공격한 건 그 자식이 아니었어. 내가 알아차렸어야 했는데."

"어째서요?"

"그 차 말이야. 어느 날 밤 차 한 대가 날 노리고 덤볐다고 말했잖아. 바로 그날 밤 룬드그렌을 처음 봤는데, 그 장소가 바로 룬드그렌이 칼을 가지고 나에게 덤볐던 바로 거기야. 그래서 두 번 다 같은 사람이 날 노렸다고 생각할 수밖에 없었어."

"그때 차를 운전한 사람은 못 봤고요?"

"못 봤지. 난 그게 룬드그렌이라고 생각했어. 그 자식이 그날 밤 그 전부터 날 미행하고 있어서 그 자식이 날 함정에 몰았다고 생각했어. 하지만 그건 아니었지. 그 자식 스타일이 아니었거든. 그 자식은 칼을 너무 좋아했어."

"그럼 누가 그랬단 말이죠?"

"스피너가 그랬는데 누군가가 그를 차로 치려고 연석 위까지 올라왔다고 했어. 똑같은 수법인 거지."

"누구죠?"

"게다가 전화 속 그 목소리. 그러다 더 이상 전화가 걸려오지 않았지."

"무슨 말인지 이해가 안 되는데요, 매튜."

나는 구직을 봤다.

"난 퍼즐을 맞추려고 하는 거야. 그게 다야. 누군가 스피너를 죽였어."

"문제는 누구냐는 거죠."

나는 고개를 끄덕였다.

"그게 문제지."

"스피너가 당신에게 정보를 준 사람들 중 하나겠죠."

"그 사람들은 다 알리바이가 있어. 어쩌면 스피너는 내게 말해 준 사람들보다 더 많은 사람들에게 쫓기고 있었던 건지도 모르지. 어쩌면 내게 그 봉투를 건네준 후에 협박할 사람을 하나 더 추가했는지도 모르고. 젠장. 어쩌면 강도가 그의 현금을 노리고 쳤다가, 너무 세게 쳐서 겁을 집어먹고 시체를 강에 던졌을지도 모르고."

"그런 일도 있죠."

"물론 그런 일도 있지."

"범인이 누군지 우리가 알아낼 것 같아요?"

나는 고개를 흔들었다.

"자넨 그렇게 생각해?"

"아뇨. 그럴 일은 영원히 없을 것 같아요."

구직이 대답했다.

19장

난 그 건물에 한 번도 가 본 적이 없었다. 거기는 두 명의 수위가 근무를 서고 있었고, 엘리베이터 직원도 따로 있었다. 수위는 내가 약속을 하고 온 걸 확인했고, 엘리베이터 기사가 순식간에 날 18층으로 데려다 준 후에 어느 집 문이 내가 찾는 곳인지 알려 줬다. 그 기사는 내가 초인종을 누르고 안으로 들어갈 때까지 꿈쩍도 하지 않았다.

그 아파트는 그 건물처럼 인상적이었다. 아파트 안에 2층으로 올라가는 계단이 있었다. 올리브색 피부의 가정부가 오크 목재판을 붙인 벽으로 둘러싸이고 벽난로가 있는 큰 서재로 날 안내했다. 책꽂이에 꽂힌 책의 절반 정도는 가죽으로 장정된 책이었다. 그곳은 아주 널찍한 아파트에 있는 아주 쾌적한 방이었다. 이 아파트는 거의 20만 달러가 나가고, 매달 관리비만 해도 1500달러에 달한다.

돈만 많으면 원하는 건 뭐든 살 수 있으니까.

"금방 오실 겁니다. 뭐든 드시고 싶은 걸로 드시라고 하셨어요."

가정부가 이렇게 말하면서 벽난로를 따라 길게 뻗어 있는 바를 가리켰다. 거기에 얼음이 담긴 은제 버킷과 수십 가지의 술병들이 놓여 있었다. 나는 붉은 가죽 의자에 앉아서 그를 기다렸다.

그렇게 오래 기다릴 필요도 없었다. 휘샌들이 방에 들어왔다. 그는 흰색 플란넬 바지에 격자무늬 블레이저를 입고 있었다. 발에는 가죽 실내화를 신고 있었다.

"왔군요." 휘샌들이 말했다. 그는 활짝 미소를 지어서 반가운 마음을 드러냈다. "당신이 마실 만한 게 있었으면 좋겠군요."

"지금은 아닙니다."

"사실, 지금은 저한테도 좀 이르긴 하네요. 통화할 때 상당히 급한 일처럼 들리던데요, 스커더 씨. 저를 위해 일해 달라는 제안을 재고해 보신 것 같군요."

"아닙니다."

"제가 받은 느낌은……."

"그건 여기 오기 위해서 그랬던 겁니다."

휘샌들이 얼굴을 찡그렸다.

"무슨 말인지 이해가 안 되는군요."

"당신이 이해를 했는지 아닌지는 저도 사실 확신이 서질 않는군요, 휘샌들 씨. 문을 닫는 게 좋을 것 같습니다."

"당신 말투가 맘에 안 드는군요."

217

"이제부터 하는 이야기도 맘에 안 들 겁니다. 문을 열어 놓고 하면 더 맘에 안 들겠죠. 문을 꼭 닫아야 할 겁니다."

휘샌들은 뭔가 말하려고 했는데, 아마 내 말투가 얼마나 거슬리는지 다시 말하려고 했던 것 같지만, 대신 입을 다물고 문을 닫았다.

"앉아요, 휘샌들 씨."

항상 명령을 내리는 데 익숙하지 받는 쪽이 아닌 사람일 테니, 내 말에 항의할 거라고 생각했다. 하지만 그는 말없이 앉았고, 미처 표정 관리를 하지 못한 그의 얼굴을 보고 내가 왜 이러는지 그가 알고 있다는 걸 깨달았다. 그의 표정을 보지 않더라도 알았을 것이다. 그렇지 않고서는 도저히 퍼즐이 맞춰질 수 없었기 때문이다. 하지만 그의 표정을 보자 내 짐작이 맞았다는 걸 확인할 수 있었다.

"대체 뭣 때문에 이러는지 말해 줄 건가요?"

"아, 말해 줄 겁니다. 하지만 이미 알고 있는 것 같은데요. 안 그런가요?"

"물론 아닙니다."

나는 그의 어깨 너머 벽에 걸려 있는, 누군가의 조상을 그린 유화 한 점을 봤다. 아마 그의 조상 중 하나일 것이다. 닮은 점은 하나도 보이지 않지만.

내가 말했다.

"당신이 스피너 자블런을 죽였습니다."

"정신 나갔군요."

"아뇨."

"당신은 이미 누가 자블런을 죽였는지 밝혀냈습니다. 당신이 그제 제게 말해 줬잖아요."

"내가 틀렸습니다."

"대체 무슨 의도로 이러는지 모르겠지만, 스커더."

"수요일 밤에 한 남자가 절 죽이려고 했습니다. 당신도 그건 알고 있죠. 난 그자가 스피너를 죽인 자라고 생각하고, 그자와 스피너에게 협박당했던 피해자 중 하나를 결부시켰어요. 그래서 당신이 결백하다고 생각했습니다. 하지만 알고 보니 그자는 스피너를 죽일 수 없었어요. 그때 이 나라 반대편에 있었거든요. 스피너의 죽음에 대한 그의 알리바이는 탄탄했어요. 그때 그자는 감옥에 있었거든요."

나는 휘샌들을 바라봤다. 그는 이제 인내심을 가지고, 목요일 오후에 내가 그에게 이제 위험을 벗어났다고 말했을 때와 같이 집중하는 눈빛으로 내 이야기를 듣고 있었다.

내가 말했다.

"이 사건에 관계된 사람이 그자 하나가 아니란 걸 내가 알았어야 했어요. 스피너의 피해자 중 한 사람만 반격하기로 결심한 게 아니란 걸 알았어야 했다는 거죠. 날 죽이려고 했던 자는 단독범이었어요. 그자는 칼질을 좋아하죠. 하지만 난 그 전에 차를 탄 사람에게 공격을 받았어요. 그 차에 한 명이 탔는지 둘이 탔는지는 모르겠어요. 도난 차량이었죠. 차에 치일 뻔하고 나서 몇 분 후에 뉴욕 억양에 나이가 지긋한 남자의 전화를 받았습니다. 전에도 그 남자에게서 전화를 받은 적이 있었어요. 칼을 쓰는 킬러가 다른 사람을 끌어들였다는 게 이치에 맞지 않았어요. 그러니까 차로 나를 치려고 했다가 도망간 자는 또 다른 사람이고, 그 사람이 바로 스피너의 머리를 갈긴 다음에 강에 버린 사람이죠."

"그렇다고 해서 제가 그 일에 관련돼 있다는 뜻은 아니잖습니까."

"전 그렇다고 생각합니다. 칼을 쓴 남자가 이 일에서 빠지는 순간, 모든 단서가 당신을 가리키고 있었다는 점이 분명해졌어요. 그자는 아마추어였지만, 다른 모든 면에서 그 암살 작전에는 프로의 솜씨가 보였어요. 다른 지역에서 훔친 차에다 차를 몬 사람은 실력이 아주 좋았어요. 꼭꼭 숨어 있으려던 스피너를 찾아낼 만큼 실력이 좋은 사람. 당신은 그런 프로를 고용할 수 있는 재력이 있어요. 연줄도 있고."

"말도 안 되는 소리."

"그렇지 않아요. 죽 생각해 봤습니다. 제가 놀랐던 건 처음 당신 사무실에 왔을 때 당신 반응이었어요. 당신은 스피너가 죽은 걸 모르고 있었죠. 제가 신문에 난 기사를 보여 주기 전까지. 그래서 당신을 용의자 선상에서 뺄 뻔했죠. 당신의 그런 반응이 연기라고 믿기 힘들었으니까. 하지만 물론 그건 연기가 아니었죠. 당신은 정말 스피너가 죽은 걸 몰랐던 겁니다, 그렇죠?"

"당연히 몰랐죠."

그는 어깨를 앞으로 구부렸다.

"그게 제가 스피너의 죽음과 아무 관계가 없다는 좋은 증거라고 생각하는데요."

나는 고개를 흔들었다.

"그건 단지 당신이 아직 그 일에 대해 몰랐다는 뜻일 뿐입니다.

그리고 당신은 스피너가 죽었다는 것도 놀랐고, 그가 죽었다고 해서 이 일이 끝난 게 아니란 것, 이렇게 두 가지를 깨닫고 경악했던 겁니다. 난 당신에 대한 자료만 가지고 있는 게 아니라, 당신이 스피너와 관련이 있을 뿐 아니라 그를 죽였을 수도 있다는 걸 알고 있으니까요. 그러니까 당신은 자연히 충격을 좀 받았죠."

"당신은 아무것도 입증할 수 없어요. 제가 스피너를 죽이기 위해 누군가 고용했다고 당신이 말할 수도 있죠. 전 그러지 않았고, 그러지 않았다고 맹세도 할 수 있어요. 하지만 저 역시 그건 입증하기 힘든 일이죠. 하지만 여기서 중요한 점은 제가 그 점을 증명해야 할 필요가 없다는 겁니다, 그렇죠?"

"그렇습니다."

"그리고 당신은 뭐든 원하는 대로 절 고발할 수 있지만, 증거는 단 한 조각도 없잖아요."

"그래요, 없습니다."

"그렇다면 왜 오늘 오후에 우리 집에 오기로 결심했는지 말해주시죠, 스커더 씨."

"내겐 증거가 없습니다. 그건 사실입니다. 하지만 다른 게 있습니다, 휘샌들 씨."

"그래요?"

"내게 그 사진들이 있습니다."

그의 입이 떡 벌어졌다.

"당신, 확실하게 그걸……."

"태웠다고 말했죠."

"그래요."

"그럴 작정이었습니다. 당신에게는 이미 태웠다고 말하는 게 훨씬 간단했고요. 그런데 당신을 만난 후로 바빠서, 그럴 시간이 없었습니다. 그러다 오늘 아침에 칼을 가지고 있던 자가 스피너를 죽인 범인이 아니란 걸 알았죠. 그래서 이미 알고 있던 사실 몇 가지를 꼼꼼하게 살펴봤더니, 범인이 당신이었습니다. 그래서 그 사진들을 태우지 않았던 게 오히려 다행이었습니다."

그는 천천히 일어서고는 말했다.

"아무래도 술을 한잔해야겠군요."

"드시죠."

"같이 하시겠습니까?"

"아닙니다."

휘샌들은 긴 잔에 얼음을 몇 개 넣고, 스카치를 따르고, 사이펀(대기의 압력을 이용해 액체를 하나의 용기에서 다른 용기로 옮기는 데 쓰는 관 — 옮긴이)으로 소다를 넣었다. 그는 천천히 술을 섞고 벽난로로 걸어가서 윤이 나는 오크목 선반에 팔꿈치를 얹었다. 그리고 술을 몇 모금 마시고 나서 돌아서서 다시 날 봤다.

"그러면 우린 다시 원점으로 돌아왔군요. 당신은 날 협박하기로 결심했고."

"아닙니다."

"그럼 왜 사진을 태우지 않았던 게 다행이라는 겁니까?"

"그게 내가 당신에게 영향력을 행사할 수 있는 유일한 거니까."

"그걸로 뭘 할 겁니까?"

"아무것도 안 할 겁니다."

"그럼."

"뭔가를 하는 건 당신이죠, 휘샌들 씨."

"제가 뭘 하죠?"

"주지사에 출마하지 않는 겁니다."

그는 날 노려봤다. 사실 그의 눈을 보고 싶지 않았지만, 억지로 봤다. 더 이상 가면을 쓰지 않은 그의 표정을 보면서 이런저런 수를 생각해 보려 했지만 뾰족한 수가 나지 않는다는 걸 알 수 있었다.

"당신은 아주 신중하게 계획했군요, 스커더."

"그렇습니다."

"아주 세세한 점까지 생각한 것 같아요."

"맞아요."

"당신이 원하는 건 하나도 없습니까? 돈, 권력, 대부분의 사람들이 원하는 그런 거 말입니다. 소년의 거리에 또 수표를 보낸다고 해도 달라질 건 없는 거겠죠?"

"없습니다."

그는 고개를 끄덕였다. 그리고 손가락 하나를 턱 끝에 대고 흔들다 말했다.

"전 누가 스피너를 죽였는지 몰라요."

"그 정도는 나도 짐작했습니다."

"그자를 죽이라고 지시하지도 않았어요."

"그 지시는 당신에게서 시작된 겁니다. 어떤 식으로든, 당신이 맨 위에 있으니까."

"아마도 그렇겠죠."

나는 그를 바라봤다.

"전 다른 식으로 믿는 편이 훨씬 더 좋았어요. 당신이 일전에 자블런을 죽인 사람이 누군지 알아냈다고 했을 때, 얼마나 안도 했는지 모릅니다. 자블런이 나 때문에 죽었을 수도 있다고 느껴서, 그 흔적이 내게 다시 돌아올까 봐 그랬던 게 아니라, 정말 제가 그의 죽음에 어떤 식으로든 관련됐다는 걸 몰랐기 때문에 그랬던 겁니다."

"당신이 직접 지시한 일은 아니군요."

"그래요. 물론이죠. 전 그자가 죽는 걸 바라지 않았습니다."

"하지만 당신 조직의 누군가가……."

그는 무거운 한숨을 쉬었다.

"누군가 직접 그 문제를 처리하기로 결심한 것 같군요. 제가…… 협박받고 있다고 몇 명에게 털어놓긴 했어요. 자블런의 요구에 응하지 않고도 그 증거를 회수할 수 있을 것 같아 보이더군요. 더 중요한 건, 영원히 자블런의 침묵을 살 수 있는 방법을 고안해야 했다는 겁니다. 협박의 문제는 끝도 없이 돈을 줘야 한다는 거죠. 협박당해서 돈을 주는 사이클이 무한 반복되지만 내가 통제할 길은 전혀 없죠."

"그래서 누군가가 스피너를 차로 한 번 겁주려 했군요."

"그래 보입니다."

"그게 먹히지 않으니까, 누군가가 다른 누군가를 시켜서 스피너를 죽일 사람을 고용한 거고."

"그런 것 같습니다. 당신이 그걸 증명할 순 없습니다. 더 중요한 점은, 내가 그걸 입증할 수 없다는 거죠."

"하지만 당신은 처음부터 그렇게 생각하고 있었죠, 그렇지 않나요? 저번에 제게 돈을 주는 건 한 번으로 끝날 거라고 경고했잖아요. 다시 돈을 받아 내려고 하면, 제가 죽을 거라고."

"제가 정말 그렇게 말했나요?"

"자신이 그 말을 했다는 걸 기억하고 있을 텐데요, 휘샌들 씨. 그때 당신이 한 말이 얼마나 중요한 말인지 알아봤어야 했는데. 당신은 살인을 당신의 무기고에 있는 무기로 생각하고 있었어요. 이미 한 번 써 봤으니까."

"전 단 한 순간도 자블런을 죽이려고 한 적 없습니다."

내가 일어서서 말했다.

"최근에 토머스 베킷(영국의 성직자, 정치가, 순교자 — 옮긴이)에 대한 글을 읽은 적이 있습니다. 그는 영국의 왕이 될 뻔했죠. 헨리 왕들 중 하나, 아마 헨리 2세가."

"저와 비슷한 경우란 걸 알겠습니다."

"그 이야기를 아십니까? 토머스 베킷이 캔터베리 대주교가 됐을 때 그는 친구였던 헨리 2세와의 우정을 끊고 자신의 양심에 따라 일을 처리했죠. 그래서 화가 난 헨리 2세가 부하들에게 그런 심기를 드러냈죠. '아, 감히 내게 반항하는 그 신부 놈을 누가 좀 없애 줬으면!'"

"하지만 헨리 2세는 결코 토머스를 살해하려고 한 게 아니었습니다."

"그건 맞습니다."

나는 휘샌들의 말에 동의했다.

"헨리 2세의 신하들은 왕이 토머스의 사형 집행 영장을 발행했다고 판단했죠. 헨리는 전혀 그런 의도가 아니었는데. 단지 머릿속에 있던 생각을 소리내서 말한 것뿐이었고, 토머스가 죽었다는 사실을 알았을 때 아주 많이 속상해했죠. 아니면 적어도 그런 척했고. 헨리 2세는 지금 없으니, 물어볼 수도 없지만."

"그런데 당신은 헨리가 그 일에 책임이 있다고 주장하고 있군요."

"난 뉴욕 주지사로 헨리에게 표를 던질 생각이 없다는 말을 하고 있는 겁니다."

휘샌들이 술잔을 비웠다. 그리고 잔을 바에 올려놓고 다시 의자에 앉아 다리를 꼬았다.

휘샌들이 말했다.

"내가 주지사 후보로 출마하면……."

"그러면 뉴욕 주에 있는 모든 주요 일간지에 그 사진들이 한 장도 빼지 않고 다 실릴 겁니다. 당신이 출마 철회 선언을 할 때까지, 그 사진들은 계속 지금 있는 자리에 있을 겁니다."

"거기가 어디죠?"

"아주 안전한 곳입니다."

"제겐 아무 선택권이 없다 이거죠."

"없어요."

"다른 선택은 없다."

"전혀."

"제가 자블런을 죽인 사람을 알아낼 수 있을지도 모릅니다."

"아마 그럴 수 있겠죠. 그럴 수 없을지도 모르고. 하지만 그게 무슨 소용이 있겠습니까? 그 사람은 분명 전문가겠죠. 그리고 그 사람을 법정에 세우는 건 고사하고, 그 사람을 당신이나 스피너

에게 연결시킬 증거는 하나도 없겠죠. 그리고 당신의 정체를 드러
내지 않고는, 그 사람에게 아무것도 할 수 없을 테고."

"이 일을 아주 어렵게 만들고 있군요, 스커더."

"아주 쉽게 만들고 있는 겁니다. 당신은 주지사의 꿈을 접기만
하면 됩니다."

"난 훌륭한 주지사가 될 겁니다. 그렇게 역사적인 비유를 좋아
한다면, 헨리 2세에 대해 좀 더 생각해 보지그래요. 그는 영국을
다른 왕들보다 더 잘 다스린 왕 중 하나로 평가받고 있는데."

"전 잘 모르겠습니다."

"전 알겠는데요."

휘샌들은 헨리 2세에 대해 몇 가지를 이야기해 줬다. 그 주제
에 대해 상당히 박식한 것 같았다. 흥미로운 이야기 같았지만 나
는 별로 관심을 기울이지 않았다. 휘샌들은 이어서 자기가 얼마
나 좋은 주지사가 될지, 자신이 뉴욕 주민을 위해 어떤 일들을 해
낼지 이야기했다.

내가 그의 말을 자르고 입을 열었다.

"당신에겐 계획이 많지만, 그건 아무 의미가 없습니다. 당신은
좋은 주지사가 되지 않을 겁니다. 당신은 어떤 주지사도 되지 않
을 겁니다. 내가 가만있지 않을 테니까요. 당신은 살인을 저지를
수 있는 사람들을 뽑아 당신 밑에서 일하게 만들 수 있기 때문
에 좋은 주지사가 되지 않을 겁니다. 그것만으로도 자격 미달입
니다."

"그런 사람들은 해고할 수 있습니다."

"당신이 그들을 해고할지 안 할지도 전 알 수 없습니다. 그리고

그런 사람들은 그렇게 중요하지도 않아요.”

“알겠습니다.” 휘샌들은 다시 한숨을 쉬었다. “그자는 별로 대단한 인간이 아니었어요. 당신도 알다시피. 이런 말을 한다고 살인을 정당화하는 건 아닙니다. 그자는 하찮은 사기꾼에다 싸구려 공갈범이었어요. 그자는 절 덫으로 옭아맨 다음에, 개인적인 약점을 먹이 삼아 돈을 뜯어가려고 했어요.”

“별로 대단한 사람은 아니었죠.”

나도 동의했다.

“하지만 그자가 살해됐다는 게 당신에겐 중요하다는 거죠.”

“살인은 좋아하지 않습니다.”

“그럼, 당신은 인간의 생명이 신성하다고 믿고 있군요.”

“내가 생명이든 뭐든 신성하다고 믿고 있는지는 잘 모르겠습니다. 그건 아주 복잡한 질문입니다. 나도 사람을 죽여 본 적이 있습니다. 며칠 전에도 한 명을 죽였어요. 불과 얼마 전에도 한 사람이 나로 인해 목숨을 잃었습니다. 제가 의도했던 일은 아닙니다. 그렇다고 해서 기분이 나아지진 않더군요. 인간의 생명이 신성한지는 모르겠습니다. 난 그저 살인이 맘에 들지 않을 뿐입니다. 그리고 당신은 살인을 저지르고도 빠져나가는 와중에 있습니다. 그점이 내 맘에 걸립니다. 그 점에 대해 내가 하게 될 일이 한 가지 있는 겁니다. 난 당신을 죽이고 싶지도 않고, 당신의 정체를 노출시키고 싶지도 않아요. 그런 일들은 하나도 하고 싶지 않습니다. 불완전한 신의 역할을 연기하는 건 이제 진력이 났습니다. 내가 이제 할 일은 당신을 주지사가 되지 못하게 하는 것뿐입니다.”

“그건 신의 역할을 하는 것에 해당되지 않나요?”

228

"그렇게 생각하지 않는데요."

"당신은 인간의 생명이 신성하다고 말하고 있어요. 꼭 그대로 말한 건 아니지만, 그게 당신 입장처럼 보여요. 그럼 제 목숨은 어떻게 되는 건가요, 스커더? 몇 년 동안 제게 중요한 건 이거 단 하나였는데, 당신이 주제넘게 그걸 가질 수 없다고 말하고 있잖아요."

나는 그의 서재를 둘러봤다. 그 초상화들, 가구들, 서비스 바.

"당신은 아주 잘 살고 있는 것처럼 보이는데요."

"내겐 물질적인 소유물들이 있죠. 그럴 만한 여유가 있으니까."

"그런 것들을 즐기며 살면 되잖습니까."

"당신을 매수할 방법은 없는 겁니까? 당신이 그렇게 경건할 정도로 청렴한 사람인가요?"

"난 청렴하다고는 말할 수 없는 사람일 겁니다. 하지만 당신은 절 매수할 수 없습니다, 휘샌들 씨."

나는 그가 뭔가 말하길 기다렸다. 몇 분이 흘러갔지만, 그는 그냥 그대로 말없이 앉아 허공을 보고 있었다. 난 알아서 그곳을 나왔다.

20장

이번에는 성 바오로 성당이 문을 닫기 전에 도착했다. 나는 룬 그드렌에게서 빼낸 돈의 10분의 1을 자선 헌금함에 넣었다. 그리고 마음속에 떠오르는 죽은 사람들을 위해 촛불을 몇 자루 켜고 한동안 앉아서 사람들이 차례로 고해성사실에 들어가는 모습을 지켜봤다. 그들이 부럽다는 마음이 들긴 했지만 그 점에 대해 뭔가 손을 쓰고 싶을 정도로 부럽진 않았다.

거리 맞은편에 있는 암스트롱에 가서 콩과 소시지 한 접시를 먹고, 술 한 잔과 커피 한 잔을 마셨다. 이제 끝났다. 다 끝났고, 다시 전처럼 술을 마실 수 있게 됐다. 취하지도 않고, 그렇다고 멀쩡한 정신도 아닌 그런 상태로. 가끔씩 아는 이들에게 고개를 끄덕여 보였고, 그중 몇 명이 거기에 화답해 고개를 끄덕였다. 토요일이라 트리나는 쉬는 날이었지만, 잔이 빌 때마다 래리가 트리나

못지않게 커피와 버번을 잘 갖다 줬다.

나는 별 생각 없이 술을 마셨지만, 가끔씩 스피너가 들어와 그 봉투를 건네준 이후로 일어났던 사건들을 계속 되짚어 보고 있다는 걸 깨달았다. 내가 더 잘 처리할 수 있는 방법들이 아마 있었을 것이다. 처음부터 스피너를 좀 더 다그치면서 관심을 가졌더라면, 그를 살려놓을 수 있었을지도 모른다. 하지만 그 일은 끝났고, 나도 이젠 다 정리했다. 애니타와 그동안 다닌 교회들과 여러 술집에 돈을 주고 난 후에도 돈도 좀 남았고, 이제는 한숨 돌릴 수 있었다.

"이 자리, 앉아도 돼?"

나는 그녀가 들어온 것조차 모르고 있었다. 고개를 들어 보니 그녀가 거기 있었다. 그녀는 내 맞은편에 앉아서 핸드백에서 담배 한 갑을 꺼냈다. 그리고 담뱃갑을 흔들어서 한 개비 꺼내더니 불을 붙였다.

내가 말했다.

"오늘은 흰색 바지 정장을 입었네."

"당신이 날 알아볼 수 있게 입은 거지. 당신 정말 내 인생을 화끈하게 뒤집어 놨어, 매튜."

"그런 것 같네. 경찰에선 기소하지 않기로 했지?"

"기소는 고사하고, 손 하나 까닥할 수 없거든. 조니는 스피너란 사람이 있다는 것조차 몰랐어. 내 가장 큰 골칫거리는 스피너였는데 말이지."

"또 다른 골칫거리가 있었나?"

"어떤 면으로 보면, 방금 그 골칫거리를 없앤 셈이지. 그 인간을 없애는 데 많은 걸 잃었지만."

"당신 남편?"

그녀는 고개를 끄덕였다.

"그 자식은 별 고민 없이 날 자제해야 할 사치품으로 판단해 버리더군. 지금 이혼 절차를 밟고 있어. 난 위자료로 한 푼도 받을 수 없고. 그걸로 못 살게 굴면, 그 열 배로 갚아 줄 거라고 하더라. 진담인 것 같았어. 지금도 온갖 신문에서 망신을 당한 처지니 뭐 어쩔 수 없지."

"내가 요즘 신문을 안 봐서."

"재미난 걸 놓쳤네."

그녀는 담배를 한 모금 길게 빨더니 구름처럼 연기를 내뿜었다.

"당신 정말 다양한 종류의 술집에서 술을 마시네. 당신 호텔에 가 봤는데 없어서, 그다음엔 폴리 바로 가 봤지. 그랬더니 거기서 당신이 여기 단골이라고 말해 주던데. 왜 그런지는 모르겠네."

"나랑 어울리는 곳이니까."

그녀는 고개를 위로 젖혀서 날 찬찬히 살펴봤다.

"그거 알아? 정말 당신이랑 어울린다. 술 한잔 사 줄래?"

"그럼."

내가 래리를 부르자, 베벌리가 와인을 한 잔 주문했다.

"별 맛은 없겠지만, 바텐더가 망치기도 힘든 술이니까."

래리가 와인을 갖다 줬을 때 그녀는 날 향해 잔을 들었고, 나는 컵을 들어 화답했다.

그녀가 말했다.

"행복한 나날을 위해."

"행복한 나날을 위해."

"난 조니가 당신을 죽이길 원하지 않았어, 매튜."

"나도 원하지 않았어."

"농담이 아니라니까. 내가 원한 건 그저 시간이었어. 어떤 식으로든 내가 모든 걸 해결했을 거야. 알다시피, 내가 조니를 부른 게 아니야. 조니에게 연락하는 방법을 내가 어떻게 알았겠어? 조니가 감방에서 나온 후에 내게 전화했더라고. 돈 좀 보내 달라고. 힘들 때 가끔씩 그러거든. 난 그때 그이를 배신한 게 죄책감이 들었어. 그것도 그이가 시켜서 한 거지만. 하지만 그때 조니랑 전화를 하니까 도저히 내가 지금 궁한 처지라는 말을 안 하고 배길 수가 없었어. 그게 실수였지. 그 인간이 내 최대 골칫거리였는데."

"그 자식에게 무슨 꼬투리를 잡힌 거지?"

"나도 몰라. 하지만 난 항상 그이에게 꽉 잡혀 있었어."

"당신이 그날 밤 폴리에서 그 자식에게 날 찔러 준 거잖아."

"당신을 한번 보고 싶어 해서 그런 거야."

"그래서 봤지. 그러고 난 당신과 수요일에 만나기로 약속을 했고. 웃긴 건 그날 당신에게 이제 자유라는 말을 해 주려고 했었어. 이미 범인을 잡았다고 생각해서, 내가 당신에게 했던 협박 연기는 끝이라고, 이젠 안 한다고 말해 주고 싶었단 말이지. 그런데 당신이 약속을 하루 미루면서, 날 죽이라고 그 자식을 보냈지."

"조니는 당신에게 이야기를 하려고 했던 거야. 당신을 겁줘서 시간을 좀 끌려고 했을 뿐이야. 그런 거였어."

"그 자식은 그렇게 생각하지 않았어. 당신은 그 자식이 그런 시도를 할 거라는 걸 알았을 텐데."

그녀는 잠시 망설이다가 어깨가 축 처졌다.

"그럴 수도 있다는 건 알고 있었지. 그이는…… 그이는 좀 거친 면이 있거든."

그녀의 표정이 갑자기 환해지면서, 눈동자가 춤을 췄다.

"어쩜 당신이 내게 좋은 일을 해 준 건지도 몰라. 그이가 없어지면서 내 인생이 핀 건지도 모르지."

"당신이 아는 것보다 훨씬 더 잘된 거야."

"그게 무슨 말이야?"

"그 자식이 내가 죽길 원한 아주 좋은 이유가 있었다는 뜻이야. 이건 그냥 짐작이지만, 아마 이 짐작이 맞을걸. 당신은 돈이 생길 때까지 시간을 끌면 좋았겠지. 그 돈이란 게 커밋이 상속을 받아야 생기는 거잖아. 하지만 룬드그렌은 날 살려 둘 여유가 없었어. 조만간 당신에게 써먹어야 할 원대한 계획이 있었거든."

"그게 무슨 말이냐고."

"모르겠어? 그자가 아마 당신에게 말했을 텐데. 자기에게 충분한 돈이 생기면 당신을 커밋과 이혼시켜서 행복하게 해 줄 거라고."

"그걸 당신이 어떻게 알아?"

"내가 말했잖아. 그냥 짐작이라고. 하지만 그 자식이 그 말대로 하진 않았을 거야. 다 원했겠지. 그자는 당신 남편이 돈을 상속받을 때까지 기다렸다가, 시간을 들여서 제대로 해치웠을 거고, 당신은 하루아침에 아주 부유한 과부가 되는 거지."

"어머나, 세상에."

"그다음에 당신은 재혼을 하게 되고, 당신 이름은 베벌리 룬드그렌이 되겠지. 그자가 그 칼에 또 다른 피를 묻히는 데 얼마나 걸릴 거라고 생각해?"

"맙소사."

"물론, 이건 짐작에 지나지 않아."

"아니야."

그녀는 몸서리를 쳤고, 갑자기 얼굴에서 노회한 분위기가 사라지면서 소녀 같아 보였다.

"그 사람은 정말 그렇게 했을 거야. 짐작이 아니라 사실일 거야. 당신이 말한 그대로 했을 거야."

"와인 한 잔 더 하겠어?"

"아니."

베벌리는 내 손에 그녀의 손을 올려놨다.

"난 사실 내 인생을 절단 냈다고 당신에게 막 화낼 마음으로 왔는데. 어쩌면 당신이 내 인생을 절단 낸 게 아니고 구해 준 건지도 모르겠네."

"그건 영원히 모르겠지, 안 그래?"

"그렇지."

그녀는 담배를 힘주어 눌러 껐다. 그리고 말했다.

"흠, 난 이제 어쩐다? 이제 막 한가한 인생에 익숙해지기 시작했는데, 매튜. 그것도 아주 근사하게 해낸 것 같은데 말이지."

"그랬지."

"그런데 난데없이 먹고 살 궁리를 하게 됐네."

"당신은 뭔가 생각해 낼 거야, 베벌리."

그녀가 날 뚫어져라 쳐다보다 말했다.

"당신 처음으로 내 이름을 불렀어, 그거 알아?"

"알아."

우리는 한동안 그렇게 서로를 바라보며 앉아 있었다. 그녀는 담배를 한 개비 빼려다, 마음을 바꾸고 다시 밀어 넣었다.

"흠, 당신이 뭘 알겠어."

"난 아무 말도 안 했어."

"난 당신에게 해 준 게 하나도 없다는 생각을 했어. 있지, 내가 감을 잃어 가고 있는 것 같아 걱정이 되기 시작했어. 우리 어디 갈 데 없을까? 이제 내 집은 더 이상 내 집이 아니라서 말이야."

"내 호텔이 있지."

"당신은 날 다양한 종류의 술집으로 데려갔지."

그녀는 그렇게 말하더니 일어서서 핸드백을 집었다.

"어서 가자. 지금 당장, 응?"

〈끝〉

올긴이 | 박산호

한국외국어대학교 인도어과와 한양대학교 영어교육학과 졸업, 영국 브루넬 대학교 영문학과 석사 수료. 번역서로는 『세계대전 Z』, 『퍼시픽 림』, 『무덤으로 향하다』, 『비독 소사이어티』, 『더 이상 숨을 곳이 없다』, 『라스트 차일드』, 『차일드 44』, 『아이언 하우스』, 『아버지들의 죄』, 『죽음의 한가운데』, 『석유 종말 시계』, 『도살장』, 『어떻게 배울 것인가』, 『존은 끝에 가서 죽는다』, 『내 안의 살인마』, 『연기와 뼈의 딸』, 『내 인생은 로맨틱 코미디』, 『콜드 그래닛』, 『콰이어트 걸』, 『라인업』, 『도살장』, 『마법사들』, 『솔로이스트』, 『마네의 연인 올랭피아』, 『얼렁뚱땅 슈퍼 히어로』 외 다수가 있다.

살인과 창조의 시간

1판 1쇄 찍음 2014년 8월 29일
1판 1쇄 펴냄 2014년 9월 5일

지은이 | 로렌스 블록
올긴이 | 박산호
발행인 | 김세희
편집인 | 김준혁
책임편집 | 장은진
펴낸곳 | 황금가지

출판등록 | 2009. 10. 8 (제2009-000273호)
주소 | 135-887 서울 강남구 신사동 506 강남출판문화센터 5층
전화 | 영업부 515-2000 편집부 3446-8774 팩시밀리 515-2007
홈페이지 | www.goldenbough.co.kr

한국어판 ⓒ 황금가지, 2014. Printed in Seoul, Korea

ISBN 978-89-6017-887-8 03840

㈜민음인은 민음사 출판 그룹의 자회사입니다.
황금가지는 ㈜민음인의 픽션 전문 출간 브랜드입니다.

추리 · 호러 · 스릴러
밀리언셀러 클럽